★紐伯瑞金獎作品★

印地安人的鹿皮靴

莎朗・克里奇

Walk Two Moons

Sharon Creech

顏湘如　譯

批判一個人之前，先穿上他的麂皮靴走過兩個滿月。

目次

1 ✦ 窗邊的臉

爺爺說我打心底是個鄉下女孩，這是真的。我十三年的歲月大多都住在肯塔基的白班克斯，這地方其實就是一堆房子棲息在俄亥俄河畔的一大片綠地上。一年多一點之前，爸爸像拔雜草一樣將我拔起，帶著我和我們所有家當（不，這麼說不對——他沒帶栗子樹、柳樹、楓樹、乾草棚和河裡可以游泳玩水的戲水潭，這些全都屬於我），往北開了四百八十公里，一直開到俄亥俄州尤克里德的一棟房子前面才停下。

「沒有樹？」我說：「我們要住這裡？」

「不，」爸爸說：「這是瑪格麗特家。」

屋子前門打開來，有名女子頂著一頭亂蓬蓬的紅髮站在門口。我往街道左右張望了一下，房屋全部擠在一起，有如一排鳥屋。每間房子前面都有小小一方草坪，草坪前面有一條細細的灰色人行道，與灰色馬路並排。

「穀倉呢？」我問道：「河呢？戲水潭呢？」

「唉，小莎，」爸爸說：「別這樣，這裡有瑪格麗特啊。」他伸手向門口的女子揮了揮。

「我們要回去，我有東西忘了拿。」

頂著蓬亂紅髮的女子打開門，走到門廊。

「在我的衣櫥最裡面，」我說：「在地板下面。我放了東西在那裡，我要去拿。」

「別說傻話了。來見見瑪格麗特。」

我不想見瑪格麗特。我站在原地四下張望，就在這時候看見隔壁二樓有一張臉貼在窗前。那是一張女孩的圓臉，一副害怕的模樣。我當時還不知道，那是菲鳳．溫彼古，這個女孩擁有巨大的想像力，她後來跟我成為朋友，還碰上許多奇遇。

不久前，和爺爺奶奶一起在車上關了六天，我便跟他們說起菲鳳的故事，說完以後——甚或是在說的時候，我發覺菲鳳的故事就像我們肯塔基白班克斯老家的灰泥牆。

四月某天早上，媽媽離開後不久，爸爸就開始鑿白班克斯老家客廳的一面灰泥牆。我們家是一棟舊農舍，正在一個房間一個房間整修，每天晚上，當他等候著媽媽的消息，就會鑿那面牆。

我們接到壞消息（說她不會回來了）的那一晚，他拿著鑿子和鐵鎚往那面牆敲了又敲、敲了又敲。凌晨兩點時，他上樓到我的房間，我還醒著。他帶我下樓看他發現的東西，原來牆後藏著一座磚砌壁爐。

菲鳳的故事之所以讓我想起那面灰泥牆和隱藏的壁爐，是因為她的故事底下有另一個故事，我的故事。

2 ✦ 寶貝兒開始說故事

就在菲鳳經歷那許多奇遇之後，爺爺奶奶才想到這個計畫：從肯塔基開車到俄亥俄接我，然後我們三人再一起開車西行，前往三千兩百公里外的愛達荷州劉易斯頓，我也因此跟他們關在車上將近一星期。這趟旅程並不是我渴望的，但我非去不可。

爺爺說：「我們會看到一整個叮叮噹噹的地區！」

奶奶捏捏我的臉頰說：「這趟旅程讓我有機會再跟我最心愛的寶貝兒相處。」

喔，對了，我是他們**唯一的**寶貝兒。

爸爸說奶奶看不懂什麼不得了的地圖，所以他很慶幸我願意一起去幫他們找路。我才十三歲，雖然看地圖還算有一套，但我會去並不完全是因為這項技能，也不是為了去看爺爺奶奶說的那「一整個叮叮噹噹的地區」。

真正的原因包括：

1. 爺爺奶奶想去看落腳在愛達荷州劉易斯頓的媽媽。
2. 爺爺奶奶知道我想去看媽媽，但又害怕。
3. 爸爸想和紅頭髮的瑪格麗特·施谷獨處。他已經去看過媽媽，卻沒有帶上我。

另外（雖然這個原因不那麼重要），除非帶上我，否則爸爸不相信爺爺奶奶這一路上不會惹出事端。爸爸說，如果他們企圖自己去，他會立刻報警，讓他們還沒駛出家門口的車道就被捕，以便替大家省下大把時間並免除尷尬的窘境。叫警察來抓自己老邁蹣跚的雙親，聽起來似乎有點極端，可是我的祖父母只要一上車，麻煩就會像尾隨母馬的小馬一樣自動跟上來。

我的喜多爺爺奶奶是爸爸的父母親，全身上下充滿了善良與慈愛，而這滿滿的善良與慈愛當中還混雜著一大籮筐的奇特個性，能認識具有這種組合的他們的確很有趣，但你永遠無法預測他們會做什麼或說什麼。

一旦確定我們要三人同行後，這趟旅程似乎愈來愈急著催我們上路，催得叫人心慌，彷彿有一大片雷雲不斷在我四周聚攏。出發前一週，風聲聽起來像在說趕緊、趕緊、趕緊，到了晚上，就連寂靜的黑暗都悄悄說著快、快、快。我不覺得我們會真的離開，而我也不想離開，我不太敢奢望能在旅程中存活下來。

但既然已經決定要去，我就會去，而且必須趕在媽媽生日前到達，這點非常非常重要。我相信如果能有一丁點機會帶母親回來，就會是在她生日當天。這件事如果告訴爸爸或爺爺奶奶，他們會說我還不如爬到樹上去抓魚比較快，所以我沒說出口，但我內心是相信的。有時候我的脾氣就像老驢子一樣又硬又倔，爸爸說我再這樣倚靠折斷的蘆葦，總有一天會摔得滿臉沼澤爛泥。

我和喜多爺爺奶奶終於出發的第一天，一上路我便整整祈禱了三十分鐘。我祈禱不會發生車禍（我怕死了汽車和巴士），祈禱能在媽媽生日前到達（還有七天），也祈禱我們能帶她回家。我一而再、再而三祈禱著相同的願望，而且是向樹祈禱，這比直接祈求上帝容易，因為幾乎到處都有樹。

駛上俄亥俄收費公路時（這可說是上帝創造的天地萬物中，最平最直的一條路了），奶奶打斷我的禱告。「莎羅曼卡……」

我應該立刻解釋一下，我本名叫莎羅曼卡．樹．喜多。爸媽以為莎羅曼卡是我外曾曾祖母所屬的印地安部落名稱，但他們想錯了，那個部落名叫塞內卡。只是因為爸媽直到我出生後才發現自己弄錯，而當時也已經叫慣，我便繼續保留莎羅曼卡這個名字。

我的中間名「樹」就是一般所知的樹，對媽媽來說，這是個美得無與倫比的東西，便安插到我的名字當中。她本來想更精確一點，以她最喜愛的糖楓樹命名，不過莎羅曼卡．糖楓樹．喜多，連她都覺得有點過頭了。

媽媽都喊我莎羅曼卡，但自從她離開後，只剩下爺爺奶奶會喊我莎羅曼卡（當他們不喊我寶貝兒的時候）。在其他多數人口中，我叫小莎，另外有少數幾個自以為幽默的男生，會叫我莎羅曼蛇。

當我們出發前往愛達荷州劉易斯頓，展開漫長旅程時，奶奶在車上說道：「莎羅曼卡，妳來給我們解解悶吧。」

「你們有想到什麼嗎？」

爺爺說：「說故事怎麼樣？編個有趣的來聽聽。」

我確實知道很多故事，但多半都是從爺爺那兒聽來的。奶奶提議我說個關於媽媽的故事，這我做不到，因為我好不容易才終於可以不日日夜夜每分每秒都想到她。

爺爺說：「那麼妳的朋友呢？他們有什麼故事好說的嗎？」

我立刻想到菲鳳，關於她的事肯定多到可以裝滿整個豬肚。「我跟你們說一個奇怪到家的故事。」我以警告的語氣說。

「好呀！」奶奶說：「太好了！」

於是，我就這樣暫時停止對樹的祈禱，跟他們說起菲鳳·溫彼古、她失蹤的母親，以及那個瘋子的事。

3 ✦ 勇敢

我第一次見到菲鳳，是和爸爸搬到尤克里德那天，因此我便從拜訪紅髮的瑪格麗特．施谷說起，在她家，我也見到了她年老的母親松基太太。瑪格麗特幾乎是拚了命的巴結我。「好美的頭髮啊，」她說，還有「妳實在太可愛了！」，那天的我並不可愛，還特別使性子，既不肯坐下也不肯看瑪格麗特。

我們臨走時，瑪格麗特對爸爸說：「約翰，你跟她說了嗎？說我們認識的經過？」

爸爸顯得很不自在。「沒有，」他說：「我也想說……可是她不想知道。」

這倒是事實，千真萬確。誰在乎呢？我心想。誰在乎他怎麼認識瑪格麗特．施谷？

向施谷太太和松基太太告辭後，我們開了大概三分鐘的車，我和爸爸接下來要住的地方，就和瑪格麗特家隔兩條街。

幾棵毫不起眼的小樹、一排小鳥屋，其中一間就是我們家。沒有戲水潭、沒有穀倉、沒有牛、沒有雞、沒有豬，只有一間白色小屋，屋前有片小不隆咚的綠草地，那些草還不夠讓一頭牛活五分鐘。

「我們來參觀一下吧。」爸爸說得十分起勁。

我們穿過小小的客廳來到縮小版廚房，然後上樓到爸爸的迷你臥室和我的袖珍臥室，再到小不溜丟的浴室。我從樓上窗戶俯視後院，小院子裡有一半是水泥平台，另一半又是草地，我們想像的那頭牛只要兩口就能吃光這些草。院子四周環繞著一道高高的木籬笆，左右兩邊則是其他同樣用籬笆圍起的地。

搬家公司的車到了以後，有兩個男人把我們在白班克斯家的家具塞進這間鳥屋，然後我和爸爸舉步維艱的走進客廳，慢慢爬過沙發、桌椅和箱子、箱子，又是箱子。「嗯，」爸爸說：「這就好像企圖把所有家禽家畜都塞進雞窩一樣。」

三天後，我開始上學，又見到了菲鳳。她和我同班。在新學校，大部分學生說起話來都是速度又快聲音又尖，穿著硬梆梆的新衣，還戴牙套。女生多半都剪一模一樣的髮型：及肩的「鮑伯頭」（她們都這麼說），瀏海長到不時要甩頭以免遮住眼睛。我們以前養過一匹馬也會這樣。

每個人都一直來摸我的頭髮。「妳從來不剪頭髮嗎？」他們問道：「妳能坐在頭髮上嗎？妳怎麼洗頭？妳天生頭髮就這麼黑嗎？妳會用潤絲嗎？」我看不出他們是喜歡我的頭髮，或是覺得我像個奇幻生物。

有個叫瑪莉．露．費尼的女孩會說一些稀奇古怪的話，譬如她會突然脫口說出「全能神力」或「牛頭牛腦」！我完全聽不懂。另外有梅根和克莉絲蒂，像炒豆一樣蹦蹦跳跳；有喜怒無常的貝絲．安，和臉頰紅潤的艾利克斯，還有整天畫漫畫的班恩，以及一個非常古怪的英文男老師波克威。

當然還有菲鳳．溫彼古，班恩都喊她「飛飛蜂冰屁股」，還學「飛飛蜂」冰淇淋餐車的標記畫一隻熊蜂，屁股貼在冰塊上。菲鳳把畫給撕了。

菲鳳是個安靜內向的女孩，多半時間都是自己一個人，她有一張討喜的圓臉，以及一雙天大地大的天藍色眼睛。這張討喜的圓臉周圍繞著一圈短短的小鬈髮，黃得有如龍爪草。

第一個星期，和爸爸去瑪格麗特家時（那個禮拜我們在她家吃了三次晚飯），我又看見菲鳳的臉出現在她家窗口兩次，有一次我向她招手，但她似乎沒注意到，在學校她也從未提起曾經見過我。

後來有一天午餐時間，她悄悄坐到我旁邊說：「小莎，妳好有勇氣，妳真是太勇敢了。」

說老實話，我大吃一驚。只要一根雞毛就能把我打倒在地。「我？我不勇敢啊。」我說。

「不，妳很勇敢。」

我不。我，莎羅曼卡・樹・喜多，害怕的東西可多了。比方說，我怕死了車禍、死亡、癌症、腦瘤、核戰、孕婦、吵鬧的噪音、嚴格的老師、電梯，還有其他許許多多事物。不過我不怕蜘蛛、蛇和黃蜂。菲鳳，還有我班上的新同學，幾乎每個人都不太喜歡這些生物。

但就在那天，有一隻威風凜凜的黑蜘蛛在我的課桌上到處巡視，我用兩手捧起牠，來到打開的窗前，把牠放到外面窗台上。瑪莉・露・費尼說：「我的阿拉法和俄梅戛啊，你們看看！」貝絲・安臉色白得像牛奶。整個教室裡，大家的神情就好像我單挑了一隻噴火龍。

於是我體會到，如果別人期望你勇敢，就算你害怕到骨子裡，也會偶爾假裝勇敢。不過這是後來的事，我是在菲鳳的瘋子惹出那一堆事情的時候才體會到的。

故事說到這裡，奶奶打斷我說：「哎呀，莎羅曼卡，妳當然勇敢了，喜多家的人都很勇敢，這是家族特性。看看妳爸爸、妳媽媽……」

「媽媽不能算是喜多家的人。」我說。

「她也差不多，」奶奶說：「都嫁進喜多家這麼久了，怎麼可能沒有變成喜多家人。」

以前媽媽不是這麼說的。她會告訴爸爸，「你們喜多家的人對我來說就像個謎，我永遠當不了真正的喜多家人。」她並不是因為自傲才這麼說，而是顯得遺憾，好像這是她的某種缺陷。

媽媽的雙親，也就是我的外祖父母，姓皮克佛，他們和喜多家的祖父母天差地別，就像驢子和泡菜的差別。外公外婆總是站得直挺挺，彷彿背上有一根結實的鐵桿撐著。他們的衣服會上漿，燙得筆挺，而每當感到震驚或訝異（這機率頗高），都會說：「嗄？真的嗎？」同時瞪大雙眼，嘴角下垂。

有一次我問媽媽，為什麼外公外婆從來不笑。媽媽說：「他們太忙著裝體面了，要表現得那麼體面，需要非常專心。」媽媽說完笑個不停，是溫柔的笑，這時可以看出她的脊椎不是鐵柱，因為她彎著腰笑了又笑。

媽媽說外婆嫁進皮克佛家後的一生當中，只做過一件叛逆的事，就是替她取名字。外婆自己名叫蛇鞭菊，替媽媽取的名字叫蟬哈森，這是印地安名字，意思是「樹的甜汁」，或者也可以說是「楓糖」。不過只有外婆會叫媽媽的印地安名，其他所有人都喊她「蜜糖」。

大部分時間裡，媽媽一點都不像她父母親，實在很難想像她是他們親生的，但偶爾，在一些意想不到的小小時刻，媽媽也會垂下嘴角說：「嗄？真的嗎？」口氣徹徹底底就像個皮克佛家人。

4 ✦ 我不是正在說嗎？

菲鳳在午餐時間坐到我旁邊，說我很勇敢的那天，也邀請我到她家吃晚飯。說真的，不必去瑪格麗特家吃飯讓我鬆了一口氣，我不想看到爸爸和瑪格麗特對著彼此微笑。

我希望一切都能和以前一樣。我希望回到肯塔基的白班克斯，回到山林間，與牛、雞、豬為伍。我希望能從穀倉跑下山坡，跑進廚房，任由門在身後砰的關上，然後看見爸媽坐在桌邊削蘋果。

放學後我和菲鳳一起走路回家，我們先繞到我家去告知工作中的爸爸。瑪格麗特幫他找到一份賣農業機具的差事。他說知道我交了新朋友，他真是太高興了，就跟碰到漲潮的蛤蠣一樣高興。或許這確實是他開心的理由，我心裡暗想，但也或許是因為這樣，他就能和瑪格麗特獨處。

隨後我便和菲鳳走到她家。經過瑪格麗特家時，有個聲音喊道：「小莎？小莎？是妳嗎？」

只見門廊上的陰影中，瑪格麗特的母親松基太太坐在籐編搖椅上，腿上橫放著一根布滿節瘤的粗柺杖，手把處雕成眼鏡蛇頭的形狀。她穿的紫色洋裝往上撩起，露出瘦巴巴又張開的膝蓋，我很不想這麼說，但從裙底真的看得一清二楚。她脖子上圍著一條黃色羽毛圍巾。（「我的蟒蛇，」她曾這麼跟我說：「我最心愛的蟒蛇。」）

我正打算走過去，菲鳳拉住我的手臂說：「別去那裡。」

「那只是松基太太而已，」我說：「來吧。」

「是誰跟妳在一起？」松基太太問：「她臉上那是什麼？」我知道她要做什麼。我們第一次見面時，她也對我做了同樣的事。

菲鳳兩手放在自己的圓臉上到處摸。

「過來。」松基太太說。她扭動著歪曲畸形的細小手指伸向菲鳳。

松基太太將手指放到菲鳳臉上，輕輕由上到下摸壓過她的眼皮和臉頰。「跟我想的一樣，兩隻眼睛、一個鼻子、一張嘴巴。」松基太太發出怪笑，那笑聲彷彿在崎嶇不平的岩石間東蹦西跳。「妳今年十三歲。」

「對。」菲鳳說。

「我就知道。」松基太太說：「我就是知道。」她拍拍頸間的黃色羽毛蟒蛇。

「她是菲鳳．溫彼古，」我說：「就住在妳們隔壁。」

我們離開後，菲鳳小聲的說：「妳不該那麼做，妳不該跟她說我住在隔壁。」

「為什麼？妳好像不太認識施谷太太和松基太太……」

「她們在這裡還沒住多久，大概一個月吧。」

「她竟然猜中妳的年紀，妳不覺得很厲害嗎？」

「我不覺得那有什麼厲害的。」我還沒能開口解釋，菲鳳就開始說起有一回她和爸媽、姊姊曉心去逛州園遊會的事。在某個攤位前，有一群人圍住一個又高又瘦的男人。

「所以他在做什麼呢？」我問道。

「我不是正在說嗎？」菲鳳說。有時候菲鳳說話的口氣有點像大人。當她說「我不是正在說嗎？」，聽起來很像大人在對小孩說話。「他在猜人的年紀。四周的人又是『噢！』、『好厲害！』，又是『他是怎麼做的？』他得猜出妳的正確年紀，相差不能超過一歲，不然妳就可以拿到一隻泰迪熊。」

「他怎麼猜？」我問。

「我不是正在說嗎？」菲鳳說：「那個瘦子會很仔細的上下打量某個人，然後閉上眼睛，伸出食指指著那個人大喊：『七十二歲。』」

「對每個人都這樣？每個人他都猜七十二歲？」

「小莎，」她說：「我正在說，我只是舉例，他可能說『十歲』或『三十歲』或……『七十二歲』，因人而異，很不可思議。」

我真覺得松基太太能猜到才更不可思議，但我什麼也沒說。

菲鳳的父親想讓那個瘦子猜他幾歲。「我爸覺得自己看起來很年輕，以為一定能騙過那個人。在打量過我爸爸以後，那個瘦子閉上眼睛，指著我爸大喊：『五十二歲！』爸爸小小尖叫了一聲，周圍的人又很自然的發出讚嘆，『噢！』、『好厲害！』等等的，可是被我爸爸制止了。」

「為什麼？」

菲鳳拉扯著自己的一綹黃色鬈髮，似乎覺得一開始就不該說這件事。「因為他離五十二歲還遠得很，他才三十八歲。」

「噢。」

「那一整天，爸爸都抱著他的獎品，一隻很大的綠色泰迪熊，跟在我們後面逛園遊會。他難過得要命，一直說：『五十二歲？五十二歲？我看起來像五十二歲？』」

「像嗎？」我問道。

菲鳳更用力的扯頭髮。「不像，他才不像五十二歲，他就像三十八歲。」她很維護她父親。

菲鳳的母親在廚房裡。「我在做黑莓派，」溫彼古太太說：「希望妳喜歡黑莓……怎麼了嗎？說真的，如果妳不喜歡黑莓，我可以……」

「不，」我說：「我很喜歡黑莓，只是好像有點過敏。」

「對黑莓過敏？」溫彼古太太說。

「不，不是對黑莓。」事實上我沒有過敏，但又不能坦承黑莓讓我想起媽媽。

溫彼古太太叫我和菲鳳坐到餐桌旁，跟她說說今天發生了什麼事。菲鳳告訴她，松基太太猜中了她的年紀。

「她真的很了不起。」我說。

菲鳳說：「也沒那麼了不起，小莎。其實我不會用了不起這個字眼。」

「可是菲鳳，」我說：「松基太太眼睛看不見耶。」

菲鳳和她母親異口同聲的說：「看不見？」

事後，菲鳳對我說：「松基太太眼睛看不見，卻能看透我某些事情，而我這個明眼人反而看不清她，妳不覺得很奇怪嗎？說到奇怪，那個施谷太太就非常奇怪。」

「瑪格麗特？」我說。

「我真被她嚇個半死。」菲鳳說。

「為什麼？」

「我不是正在說嗎？」她說：「第一，就是那個姓——施谷，妳知道同音詞是什麼意思嗎？」

我還真不知道。

「屍骨，就是屍體的意思。」

「妳確定？」

「當然確定了，小莎，不信妳去查字典。妳知道她以什麼謀生……做什麼工作嗎？」

「知道，」我開心的回答，因總算知道點什麼而開心。「她是護理師。」

「就是啊，」菲鳳說：「妳會想遇到一個名字聽起來是屍體的護理師嗎？還有她的頭髮……妳不覺得那頭橫七豎八的紅髮很像女鬼嗎？還有她的聲音……會讓我想到在地上到處亂飛的枯葉。」

這就是菲鳳的力量。在她的世界裡，沒有一個普通人，要不是完美無缺（像她爸爸），就是為數更多的瘋子或斧頭殺人魔。不管她說什麼，我幾乎都會相信，尤其是關於瑪格麗特．施谷。從那天起，瑪格麗特的頭髮看起來真的就像女鬼，聲音聽起來也確確實實像枯葉。如果能有一些理由可以不喜歡瑪格麗特，應付起她來會容易一點，而我肯定不想喜歡她。

「妳想不想知道一個絕對機密？」菲鳳問。（想。）「妳要答應不能說出去。」（我答應。）「也許我不該說的，」她說：「妳爸爸一天到晚去她家。他喜歡她，對不對？」她的食指在髮間轉動，大大的藍眼睛望著天花板緩緩游移。「她叫施谷太太，對吧？妳有沒有想過施谷先生上哪去了？」

「我沒有認真想過……」

「其實，我大概知道，」菲鳳說：「很可怕，太可怕了。」

5 ✦ 遇上麻煩的姑娘

菲鳳的故事聽到這裡，奶奶說：「我以前也認識一個像灰鳳的人。」

「是菲鳳。」我說。

「對，沒錯。我認識一個跟灰鳳一模一樣的人，只不過她叫葛蘿莉亞。葛蘿莉亞活在一個很瘋狂、很刺激的世界，也很可怕，不過呀！比我的世界有意思多了。」

爺爺說：「葛蘿莉亞？是不是她叫妳別嫁給我？是不是她說我會毀了妳？」

「噓，」奶奶說：「葛蘿莉亞至少說對了這一點。」她用手肘撞爺爺一下。

「再說了，葛蘿莉亞會這麼說，只是因為她自己想要你。」

「么命啊！」爺爺邊說邊轉進俄亥俄收費公路的一個休息站。「我累了。」

我不想停。快、快、快，風、天空、雲、樹都在低聲說著，快、快、快。

假如他只是想休息一下，進休息站對他來說似乎夠安全也夠快速。我的爺爺奶奶惹上麻煩的速度，就跟蒼蠅飛落在西瓜上一樣快。

兩年前，他們開車到華盛頓特區，竟因為偷了一名參議員座車的後輪胎而被捕。「我們有兩個輪胎消風扁掉了。」爺爺解釋，「我們只是向參議員借用一下，以後就會還他。」在肯塔基白班克斯，你可以這麼做，你可以向某人借用後輪，日後再還回去，但在華盛頓特區不行，何況還是參議員的車。

去年，爺爺奶奶開車去費城，由於危險駕駛被警察攔下。「你開上路肩了。」警察對爺爺說。爺爺回答：「路肩？我還以為那是多出來的車道。那路肩也未免太細了吧。」

現在呢，出發前往愛達荷劉易斯頓才短短幾個小時，我們便安全的停進休息區。這時候，爺爺注意到有名女子站在她自己車子的保險桿前彎下身，直盯著引擎，還一面用白手帕輕輕擦拭裡面各個沾染油汙的零件。

「抱歉，」爺爺見義勇為的說：「我好像看見有個姑娘遇上什麼麻煩了。」接著便大步走上前去拯救她。

奶奶坐在車上拍著膝蓋唱起歌來，「噢，鬱金香花開——時，到鬱金香園裡來找我……」

爺爺取代女子的位置俯身查看引擎，女子則微笑看著他的背影，此時捏在她指尖的白手帕已布滿黑色油漬。

「可能是爆油器。」他說：「也可能不是。」他拍拍幾根管子，又說：「也許是這些麻煩的蛇。」

「噢，原來如此。」女子說：「所以你覺得可能是那些……那些蛇的問題？」

「有可能。」爺爺拉拉其中一條，管子隨即鬆脫。「看到了嗎？它脫落了。」

「是啊，可是你……」

「麻煩的蛇。」爺爺說著又拉另外一條，那條也鬆脫了。「看看這個，又一根。」

女子露出淺淺、淡淡、帶著憂慮的笑容。「可是……」

兩小時後，已經沒有任何一條「蛇」還連在它應該連著的位置。「爆油器」整個解體躺在地上，女子車子引擎的其他零件也散落各處。

女子找來一名修車技工，等到爺爺確認了那是個老實人，應該能確實幫她修好車，才終於心滿意足的重新上路。

「莎羅曼卡，」奶奶說：「再跟我們說說灰鳳的事吧。」

「是菲鳳，」我說：「菲鳳．溫彼古。」

「是啊，沒錯，」奶奶說：「灰鳳。」

6 ✦ 黑莓

「施谷先生遇到了什麼可怕的事？」爺爺問道：「妳還沒告訴我們呢。」

我解釋，菲鳳正要披露施谷先生慘不忍聞的遭遇時，她爸爸剛好下班回家，我們便一起上桌吃飯：有我、菲鳳、溫彼古先生和太太，還有菲鳳的姊姊曉心。

我覺得菲鳳的爸媽很像我外祖父母。和皮克佛家的外公外婆一樣，溫彼古夫妻說話輕聲細語、簡短俐落，吃東西時也坐得直挺挺。他們互相之間十分彬彬有禮，會說：「是的，諾瑪」、「是的，喬治」、「請妳把馬鈴薯遞過來好嗎，菲鳳？」，還有「妳的客人要不要再來一盤？」。

他們很挑食。他們吃的每樣東西在爸爸眼裡都只算是「配菜」：馬鈴薯、櫛瓜、豆沙拉，還有一道我看不出所以然的神祕大鍋菜。他們不吃肉，也不用奶油，非常在意膽固醇。

就我拼湊得到的資訊，溫彼古先生在一間製造公路地圖的公司上班，溫彼古太太則負責烘焙、打掃、洗衣、買菜。很奇怪，我總覺得溫彼古太太其實不太喜歡做這些烘焙、打掃、洗衣和買菜的工作，我也不太知道為什麼會有這種感覺，因為如果光是聽她說的話，應該會覺得她像個超級家庭主婦。

譬如，溫彼古太太曾在某一刻說：「上禮拜我做了數不清的派餅。」她語氣十分愉快，緊接著卻是一片短暫沉默，無人對她做的派發表意見，她於是輕嘆一聲，低頭看著盤子。我心裡暗自納悶，她好像非常在意膽固醇，竟又烤那麼多派。

稍後，她說道：「喬治，我就是找不到你最喜歡的那個牌子的什錦果麥，但我買了類似的。」

溫彼古先生繼續用餐，在這陣沉默中，溫彼古太太又嘆了口氣，盯著自己的盤子。

接著她宣布既然菲鳳和曉心又開始上學了，她也打算回去工作，我聽了很替她開心。看起來，她似乎會利用孩子上學期間，到洛基橡膠公司兼差當櫃台服務人員。只是見無人對她重返工作崗位一事表達意見，她又再次嘆氣，一面戳她的馬鈴薯。

有幾次，溫彼古太太稱呼先生「親愛的」和「甜心」。她說：「你要不要再吃一點櫛瓜，親愛的？」，以及「馬鈴薯夠嗎，甜心？」

不知為何，聽到她使用這些暱稱，我感到很驚訝。她穿了一件素色褐裙配白上衣，腳上是一雙實用、寬大的平底鞋，沒有化妝。雖然她有一張討喜的圓臉和黃色長鬈髮，但給我的印象就是個習於平凡樸素的人，不會做出太令人吃驚的舉動。

至於溫彼古先生則是扮演一家之「主」的角色，「主」要括號加重語氣。他坐在主位上，白色衣袖整齊捲起，領間仍打著紅藍條紋領帶。他表情嚴肅、聲音低沉、口齒清晰。「是的，諾瑪。」他用低沉而清晰的聲音說道。「不，諾瑪。」與其說是三十八歲，他看起來更像五十二歲，但這件事我絕對不會告訴他，或是菲鳳。

菲鳳的姊姊曉心現年十七歲，但舉止和母親相似，吃東西中規中矩，會禮貌點頭，每說完一句話都會面露微笑。

這一切都顯得奇特。他們的一舉一動實在是太規規矩矩、端莊體面了。

吃完飯後，菲鳳陪我走回家。她說：「光看外表看不出來，不過施谷太太真的壯得像隻公牛。」菲鳳回頭一瞥，似乎覺得有人在跟蹤我們。「我看過她砍樹，還把砍倒的樹全部拖出她們家院子，妳知道我怎麼想嗎？我想施谷先生說不定被她殺死了剁成肉醬，埋在後院裡。」

「菲鳳！」我喊道。

「我只是告訴妳我的想法而已。」

當晚，我躺在床上想著施谷太太，內心很想相信她真的殺死丈夫，並將他剁成肉醬埋在後院。

接著我開始想到黑莓，記起了有一回在白班克斯，我和媽媽繞著田野與牧草地邊緣採黑莓。我們沒有採最底下或最頂端的部分，媽媽說，底部的黑莓是給兔子吃的，頂端則是給鳥吃的，長在與人同高處的莓果才是供人採食的。

躺在床上回想那些黑莓的同時，我還想起另一件事。這件事發生在兩年前某天早上，當時媽媽懷有身孕，起床起得晚，爸爸已經吃過早餐，外出到田野裡去了。他在餐桌上擺了兩只果汁杯，杯裡各插一朵花——我的位子前擺的是黑心金光菊，媽媽的位子前擺著白色的碧冬茄花。

那天媽媽走進廚房後，說道：「太美了！」她把臉先後湊向兩朵花。「我們去找他。」

我們爬上山坡到穀倉，慢慢從鐵絲網圍籬中間擠身而過，穿越田野。爸爸站在田野另一頭，背對我們，雙手插腰，看著一段圍籬。

媽媽看見他以後放慢腳步，我緊跟在她後面。她好像想悄悄靠近去嚇爸爸，所以我也保持安靜，每一步都走得很小心。我幾乎忍不住想笑，偷偷從爸爸身後出現似乎是大膽無比的舉動，我敢說媽媽會張開雙臂摟住他親吻，告訴他說她有多愛廚房餐桌上的花。凡是自然生長或生活在戶外的東西——不管是什麼——媽媽向來都愛，例如蜥蜴、樹、牛、毛毛蟲、鳥、花、蟋蟀、蟾蜍、螞蟻、豬。

就在我們即將到達前，爸爸忽然轉過身，媽媽嚇一大跳，頓時間措手不及，停了下來。

「蜜糖……」他說。

媽媽張開嘴巴，我心想：*快點！張開手臂抱他！告訴他！*但她還沒來得及開口，爸爸就指著圍籬說：「看看這個，一個早上的成果。」他指向兩根木樁中間新架起的一段鐵絲網。他臉上和手臂上滿是汗水。

這時我發現媽媽在哭，爸爸也看見了。「怎麼……」他說道。

「噢，你實在太好了，約翰。」她說：「你太好了。你們喜多家的人都太好了，我永遠沒辦法像你們一樣好，我永遠沒辦法想到那麼多事情……」

爸爸低頭看我。「花。」我說。

「喔。」他伸出汗涔涔的雙臂抱著她，但她還是哭，這和我原先想像的不一樣，感覺好悲傷，而不是快樂。

隔天早上我走進廚房時，爸爸站在桌邊看著兩小碟黑莓——外表仍裹著露水，溼溼亮亮——一碟放在他的座位，一碟是我的。「謝謝。」我說。

「不，不是我。」他說：「是媽媽。」

就在此時，她從後門廊進來。爸爸伸手抱住她，他們倆相擁而吻，這情景浪漫到了極點，我正打算轉身掉頭，媽媽忽然抓住我的胳臂，將我拉到身邊對我說（其實這話是對爸爸說的，我想）：「看到了嗎？我差不多也跟爸爸一樣好了。」她表情有些靦腆，輕笑一聲。我有種遭背叛的感覺，也不知道是為什麼。

真沒想到，只是吃個黑莓派，竟能勾起這麼多回憶。

7 ✦「伊拉挪威」

「喏，妳們瞧瞧！」爺爺高喊道：「伊利諾州界到了！」他把伊利諾說成「伊拉挪威」，發音一如肯塔基白班克斯的每一個人，聽到「伊拉挪威」，讓我驀地對白班克斯產生思鄉愁緒。

「唉，妳這傻瓜蛋，」爺爺說：「我們剛才三個小時就是在印地安納，已經快馬加鞭通過了。妳只顧著聽灰鳳的故事，錯過了整個印地安納。妳不記得埃克哈特嗎？我們在那裡吃了午餐。妳不記得南灣嗎？妳在那裡上廁所尿尿。唉呀，竟然錯過了整個胡熱爾！妳這個傻瓜蛋！」他覺得好好笑。

就在這時候，道路轉彎了（真的轉了個大彎，太驚人了），右手邊出現一大片水域。水色藍得有如長在白班克斯穀倉後面的藍鈴花，水面往外擴了又擴，放眼望去根本看不見其他東西，就好像一片偌大的藍色水牧場。

「我們到海邊了嗎？」奶奶問：「應該不會經過海邊才對吧？」

「妳這傻瓜蛋，那是密西根湖。」爺爺親一下自己的食指，然後放到奶奶的臉頰。

「我真想用那水來泡泡腳。」奶奶說。

爺爺立刻橫切過兩條車道，駛進交流道，就在還來不及給一頭母牛擠完牛奶的時間內，我們已經赤腳站在清涼的密西根湖水中。水浪濺溼我們的衣服，海鷗在頭頂上盤旋，齊聲高啼，彷彿很高興見到我們。

「好耶，好耶！」奶奶邊歡呼，邊扭動著腳踩入沙中。「好耶，好耶！」

那天我們在芝加哥近郊過夜。我從豪生汽車旅館盡可能張望外面的「伊拉挪威」，感覺好像已經離湖一萬多公里。四下地面平坦、道路又長又直，在我看起來，和北俄亥俄沒有兩樣，我心想這趟旅程該有多漫長呀。

隨著夜幕低垂，呢喃聲又起：快、快、快、快。

那天夜裡，我躺在床上試著想像愛達荷的劉易斯頓，可是思緒不願前往一個我從未去過的地方，反而一再飄回白班克斯。

那年四月，當媽媽離家去了愛達荷劉易斯頓，我第一個想到的是：「她怎麼能這樣？她怎麼能丟下我？」

隨著日子一天天過去，許多事情變得更難熬更傷心，但奇怪的是有些事反而變輕鬆了。媽媽還在的時候，我有如一面鏡子，她要是開心，我就開心，她要是難過，我就難過。她離開後的最初幾天，我變得麻木、毫無知覺，不知道該如何感覺，我會下意識的到處找她，看看我應該要有什麼感覺。

她離開大約兩星期後的某一天，我站在圍籬邊看著一隻新生的牛犢，憑靠四條細腿撐起的身子晃晃悠悠。牠絆了一跤，身子搖晃幾下，大大的頭朝我的方向晃轉過來，對我露出甜美可愛的表情。「呵！」我暗想：此時此刻的我好快樂。真沒想到媽媽不在，我單憑自己一人就能知道這點。當晚上床後，我沒有哭。我對自己說：「莎羅曼卡．樹．喜多，沒有她，妳也可以快樂。」這麼想似乎太刻薄，我也覺得過意不去，但感覺的確如此。

我在汽車旅館回想這些事的時候，奶奶來坐在我的床沿，對我說：「妳想爸爸嗎？要不要打電話給他？」

我確實想他，也確實想打電話給他，嘴裡卻說：「不用，我沒事，真的。」如果現在就打電話給他，他可能會覺得我傻裡傻氣。

「那好吧，寶貝兒。」奶奶說著彎下身子親我，可以聞到她常用的嬰兒爽身粉的味道，這味道讓我覺得傷感，卻不明所以。

次日早上，我們在離開芝加哥的途中迷了路，我暗自祈禱：拜託別讓我們碰上車禍，拜託讓我們及時趕到……

爺爺說：「至少今天是個非常適合開車出遊的好日子。」好不容易找到一條西向道路，便開了上去。我們的計畫是斜斜穿過威斯康辛州南部，轉入明尼蘇達，然後直線快速通過明尼蘇達、南達科塔和懷俄明，接著往北長驅直入蒙大拿，再越過落磯山脈便進入愛達荷。爺爺盤算著每一州約莫費時一天，在到達南達科塔以前，他不打算停留太多地方，而且他真的很嚮往南達科塔。「我們會看到惡地。」他說：「我們會看到黑山。」

這些地名聽起來我都不喜歡，但我知道我們為什麼要去——因為媽媽去過。她前往劉易斯頓搭的巴士停靠過所有的旅遊景點——我們正跟隨著她的腳步。

8 ✦ 瘋子

我們一離開「伊拉挪威」再次上路後，奶奶說：「繼續說說灰鳳吧，後來怎麼樣了？」

「你們想聽瘋子的事嗎？」

「天哪！」奶奶說：「希望不要太血腥。那個灰鳳就跟葛蘿莉亞一個樣，我沒騙妳。瘋子呀，妳想想。」

爺爺說：「葛蘿莉亞真的煞到我了嗎？」

「可能是，也可能不是。」奶奶說。

「唉，么命，我只是問問……」

「我覺得啊，」奶奶說：「你要擔心的事夠多了，專心看路吧，別擔心葛蘿莉亞……」

爺爺從後照鏡對我眨眨眼。「我們傻瓜蛋好像吃醋了。」他說。

「我沒有，」奶奶說：「說說灰鳳吧，寶貝兒。」

我不希望爺爺奶奶為了葛蘿莉亞吵嘴，因此樂得繼續講菲鳳的故事。

有個星期六早上，我在菲鳳家的時候，瑪莉．露．費尼打電話來，找我們到她家玩。菲鳳的爸媽出門去了，她到處仔細檢查，確認門窗都上了鎖。雖然她母親已經檢查過，仍吩咐菲鳳務必再檢查一遍。「以防萬一。」溫彼古太太這麼說。我不太知道「以防」什麼「萬一」——也許是怕從她出門到我們離開的這十五分鐘內，有人偷偷跑進來打開所有門窗。「再怎麼小心都不為過。」溫彼古太太說。

門鈴響了。我和菲鳳從窗戶往外看，門廊上站著一個年輕人，年約十七、八歲，不過我不像盲眼的松基太太那麼會猜人年紀。那個年輕人穿著黑色T恤和藍色牛仔褲，兩手插在口袋裡，表情緊張。

「我媽媽不喜歡有陌生人來敲門，」菲鳳說：「她深信總有一天會有一個人拿槍闖進來，結果發現是逃出病院的瘋子。」

「拜託，菲鳳。」我說：「妳要我去開門嗎？」

菲鳳深吸一口氣。「我們一起去。」她打開門，冷冷的說了一聲「你好」。

「這裡是格雷街四十九號嗎？」年輕人問道。

「是。」菲鳳說。

「那麼溫彼古家人住在這裡嗎？」

菲鳳回答說是的，又說：「請等一下。」然後關上門。「小莎，妳有沒有察覺任何發瘋的跡象？他看起來沒有地方可以藏槍，他的牛仔褲很緊身，會不會藏了把刀在襪子裡？」

菲鳳真的很會大驚小怪。「他沒穿襪子。」我說。於是菲鳳又打開門。

年輕人說：「我找溫彼古太太，她在不在？」

「在。」菲鳳說謊。

年輕人往街上左右張望了一下，他的頭髮又鬈又亂，臉頰上有一些深粉紅色的圓圈。

他不肯正視我們，眼神不停的左飄右閃。「我想跟她說話。」他說。

「她現在不方便出來。」菲鳳說。

我還以為他聽到菲鳳這麼說可能真的會哭出來，只見他咬著嘴脣，很快的眨了三、四下眼睛，說道：「我可以等。」

「等一下。」菲鳳關上門，假裝去找母親。「媽！」她高聲喊道：「喲嗬！」

她用力踏步上樓。「媽媽！」

菲鳳和我回到門口時，他還站在原地，手插在口袋裡，一臉哀戚的看著菲鳳家。「真奇怪，」菲鳳對他說：「我以為她在家呢，但八成是出去了，不過家裡有其他好多好多人。」她連忙補上一句：「家裡人山人海，就是沒有溫彼古太太。」

「溫彼古太太是妳母親嗎？」他問道。

「對，」菲鳳說：「你要留話讓我轉達嗎？」

他臉頰上的粉紅圈圈變得更粉紅了。「不用！」他說：「不用，我想就不必了，不用。」他往街道兩邊看了看，隨後抬頭看著門上方的號碼。「妳叫什麼名字？」

「菲鳳。」

他重複念一遍。「菲鳳．溫彼古。」我原以為他會拿她的名字開玩笑，但並沒有。他瞄我一眼，問說：「妳也是溫彼古家的人嗎？」

「不是，」我說：「我是客人。」

隨後他就離開了。他直接轉身，慢慢步下門廊階梯，沿街離去。我們一直等到他轉過街角才出門，並一路跑到瑪莉．露家。菲鳳堅信那個年輕人會突襲我們，真是夠了，如我所說，她的想像力實在太豐富。

9 ✦ 紙條

去瑪莉．露家的路上，菲鳳說：「瑪莉．露的家人一點都不像我們家的人這麼文明。」

「怎麼說？」我問道。

「到時妳就知道了。」菲鳳說。

瑪莉．露．費尼和班恩．費尼都和我們同班，起初我以為他們是兄妹，但菲鳳告訴我他們是堂兄妹，班恩只是暫時借住在瑪莉．露家。費尼家好像隨時都至少會有一個流浪親戚暫時借住。

費尼家根本就是群魔殿。瑪莉．露有一個姊姊、三個弟弟，此外還有她父母和班恩。屋裡到處散落著足球和籃球，幾個男生會從樓梯扶手滑下來、會跳躍過餐桌、會滿嘴食物還一邊說話，也會不斷問問題打斷每個人說話。「瑪莉．露的爸媽好像不太能掌控局面。」菲鳳的語氣有時候有點古板。

費尼先生衣服整齊的躺在浴缸裡看書。我從瑪莉・露臥室的窗子看見費尼太太躺在車庫頂上，頭底下枕著枕頭。「她在做什麼？」我問道。

瑪莉・露望向窗外。「王中之王呀！她在小睡。」

費尼先生出了浴缸後，便到後院和瑪莉・露的兩個弟弟丹尼和道格丟足球。費尼先生嚷嚷著：「這邊！」「那邊！」「漂亮！」

上個週末，學校舉行運動會，家長都來看自己孩子的表現，甚至有一些供家長參與的競賽，諸如兩人三腳和葡萄柚接力。爸爸不能來，但瑪莉・露的父母都來了，菲鳳的父母也是。

菲鳳說：「有些競賽項目有點幼稚，所以我爸媽通常都不參加。」她父母站在邊線旁，費尼夫婦則到處跑來跑去，一面高喊「這邊！」或是「漂亮！」玩兩人三腳時，費尼夫婦一再絆倒。菲鳳說：「瑪莉・露看到自己爸媽這副模樣，不知道會不會覺得丟臉？」

我不覺得這樣丟臉，反而覺得很好，但我沒有老實對菲鳳說。我猜菲鳳心底深處也覺得這樣很好，而且會希望自己父母的舉止更像費尼夫婦。不過她不可能承認，從某方面來說，我喜歡菲鳳這一點——她會努力捍衛自己的家人。

我和菲鳳遇見那個潛在的瘋子之後又去瑪莉・露家那天，還發生了另外兩件怪事。我們坐在瑪莉．露房間的地上，菲鳳正在跟她說那個有可能是瘋子的神祕人物，瑪莉．露的兄弟丹尼、道格和湯米不停衝進衝出，還跳到床上拿水槍射我們。

瑪莉．露的堂兄弟班恩則躺在她床上，用那雙烏黑、烏黑的眼睛瞪著我，好像兩片閃亮的黑色圓盤嵌在大大的圓形窟窿裡。他的深色睫毛長而輕軟，猶如羽毛，在臉頰投下陰影。

「我喜歡妳的頭髮。」他對我說：「妳可以坐在頭髮上嗎？」

「我想坐就能坐。」

班恩從瑪莉．露的書桌上拿起一張紙，重新趴回床上，畫了一隻類似蜥蜴的動物，蜥蜴背上披著長長的黑髮，直到屁股的地方變成一張有腳的椅子。班恩在底下寫著：「莎羅曼蛇坐在自己的頭髮上。」

「很好笑。」菲鳳說著走出房間，瑪莉．露也跟著出去。

我轉身要把畫還給班恩，他剛好傾身向前，嘴脣撞到我的鎖骨。他的嘴脣在那裡停留了一會兒，我的鼻子則湊進他的頭髮中，聞到有如葡萄柚的味道。隨後他翻身下床，抓起畫紙衝出房間。

他真的親吻我的鎖骨嗎？若是真的，他為什麼這麼做？這一吻會不會原本打算落在其他部位，比方說我的嘴唇？這麼一想真叫人毛骨悚然。會不會是我自己的想像？也許他只是下床時不小心擦掠而過。

當天從瑪莉．露家回家的路上，菲鳳說：「他們家好吵，對不對？」

「我不在乎。」我說，同時想到爸爸曾跟媽媽說過：「我們要生滿一屋子的小孩！要讓屋子滿到頂！」但他們沒有生滿一屋子，就只有我和他們倆，後來更只剩我和爸爸。

我們回到菲鳳家時，她母親躺在沙發上，拿著一張面紙在擦眼睛。「怎麼了嗎？」菲鳳問道。

「喔，沒有。」溫彼古太太說：「沒什麼事。」

接著菲鳳將稍早有個可能是瘋子的人找上門來的事告訴她母親。這個消息讓溫彼古太太心煩意亂，她想確確實實知道那人說了什麼、菲鳳說了什麼、他長什麼樣子、做了哪些舉動，菲鳳又做了哪些舉動，等等、等等。最後溫彼古太太說：「這件事最好別跟妳爸爸說。」她伸出雙手似乎想抱菲鳳，但菲鳳抽開身。

稍後菲鳳說：「好奇怪，平常我媽不管什麼事都會跟我爸說。」

「也許她只是不希望妳因為和陌生人說話而挨罵。」

「我還是不喜歡有事情瞞著他。」菲鳳說。

我們走到她家門廊上，發現階梯頂端有一個白色信封，信封上沒寫名字或其他訊息，我以為是油漆房屋或清洗地毯的廣告信。菲鳳打開信封。「天哪。」她喊了一聲。裡面有一小張藍色的紙，上面工整的寫了一句話：

批判一個人之前，先穿上他的麂皮靴[1]走過兩個滿月。

「也太奇怪了吧。」菲鳳說。

菲鳳將紙條拿給母親看，溫彼古太太緊抓住自己的衣領，問道：「這是寫給誰的？」

這時溫彼古先生從後門進來，手裡拿著高爾夫球桿。「喬治，你看，」溫彼古太太說：「這是寫給誰的？」

「我也說不準。」溫彼古先生說。

「可是喬治，怎麼會有人留這種字條給我們？」

「難說呀，諾瑪，說不定不是給我們的。」

1 麂皮靴，「麂」音同「幾」，以鹿皮製成的靴子。

「不是給我們的？」溫彼古太太說：「可是放在我們的門階上啊。」

「老實說，諾瑪，這有可能是給任何人的，說不定是給曉心，或是菲鳳。」

「菲鳳？」溫彼古太太問道：「這是給妳的嗎？」

「給我的？」菲鳳說：「我不覺得。」

「那到底是給誰的？」溫彼古太太說。她擔心得不得了，我想她一定以為是那個瘋子留的。

10✦好耶，好耶

我才跟爺爺奶奶說完神祕紙條的事，爺爺便駛下高速公路。他說一直壓馬路壓累了，公路中央的白線已經開始扭曲。當他駛進威斯康辛的麥迪遜，奶奶說：「我替溫彼古太太感到有些難過，她聽起來不太快樂。」

「要問我的話，他們聽起來全都不正常。」爺爺說。

「當母親就像抓住狼耳朵一樣。」奶奶說：「要是有三、四個，或更多寶貝兒，等於是隨時在火燙的烤架上跳來跳去，根本沒時間思考其他事情。就算只有一、兩個，恐怕還更辛苦，妳會有多出來的空間，讓妳覺得非把它填滿不可。」

「當父親也不輕鬆啊。」爺爺說。

奶奶碰碰他的手臂說：「瞎扯。」

我們開著車不停繞圈，直到爺爺看見一個停車位。另一輛車也看見了，但爺爺很快的停進去，另一輛車的駕駛氣得揮拳，爺爺說道：「我是老兵。看見這條腿了嗎？吃過德國槍砲的彈片，我可是救了我們國家！」

我們沒有剛好的零錢可以投幣停車，爺爺便寫了一張長長的字條，說明他是來自肯塔基白班克斯的遊客，也是腿上留有德軍槍砲彈片的二戰退伍老兵，他真心感謝麥迪遜這座美好城市的人民，儘管他沒有恰好的零錢可以投幣，還是讓他在這個車位停車。他將紙條放在儀表板上方。

「你腿上真的有德軍的彈片嗎？」我問道。

爺爺仰頭望天。「大好的天氣啊。」他說。

彈片是虛構的。有時候對於理解這種事情，我有點遲鈍。有一回爸爸說我就跟魚一樣容易上鉤，我以為他說的是上口，我以為他的意思是我很美味。

麥迪遜市區位於兩座湖之間：門多塔湖與摩諾納湖，另外從這兩座湖又零零星星流淌出一些蕞爾小湖。這整座城的人好像都在度假，有人騎著腳踏車到處晃，有人在湖邊散步、餵鴨子、吃東西，也有人在湖裡划船、玩風浪板。我從未見過這種情景。奶奶不停的說：「好耶，好耶！」

有一部分市區禁止車輛通行，成千上萬的人在裡頭一面吃著冰淇淋一面到處閒晃。我們去艾拉猶太潔食簡餐與冰淇淋店，吃了燻牛肉三明治配蒜味醃黃瓜，最後又點了覆盆子冰淇淋，到處逛了一下之後，我們又餓了，便到咖啡館吃藍莓瑪芬鬆餅配檸檬茶。

這一大段時間裡，我不斷聽見呢喃聲，快、趕緊、快。爺爺奶奶動作好慢。

「我們是不是該走了？」我一再問，但奶奶會說：「好耶，好耶！」爺爺會說：「馬上就走，寶貝兒，馬上。」

「妳不想寄明信片嗎？」奶奶問道。

「不，我不想。」

「也不想寄給爸爸？」

「不想。」這是有理由的。媽媽一路上寄了好幾張明信片給我，她寫道：「我現在來到惡地，好想妳。」或是「這裡是拉希摩山，但我沒看見任何一個總統的臉，我只看到妳。」最後一張明信片是在我們發現她不會再回來的兩天後寄達，寄出地是愛達荷州的科達倫。正面圖片是一汪美麗的蔚藍湖水，四周環繞著高大的常青樹。背面她寫著：「明天我會到劉易斯頓。我愛妳，我的莎羅曼卡・樹。」

爺爺終於說道：「我實在很不想重新上路，不過就快沒時間了！」

對，我心想，沒錯、沒錯、沒錯！

奶奶靠著椅背假寐片刻，我則暗暗祈禱數千次，不料等我回過神，爺爺又駛下公路了。「瞧瞧這裡，」他說：「威斯康辛谷到了。」他駛進一個寬闊的停車區，說道：「妳們倆就到處去逛逛吧。我要睡一下。」

我和奶奶進入一座舊堡壘探看片刻，便坐在草地上看一群美洲原住民跳舞打鼓。媽媽不喜歡「美洲原住民」這個字眼，覺得聽起來原始又死板。她說：「我的外曾祖母是塞內卡印地安人，我感到很驕傲，她不是塞內卡美洲原住民，印地安人聽起來勇敢優雅多了。」在學校裡，老師叫我們要說美洲原住民，但我同意媽媽的說法，印地安人聽起來好多了。我和媽媽都很喜歡自己有印地安血統的背景，她說這讓我們懂得珍惜大自然的贈與，讓我們更接近土地[2]。

我躺下來閉上雙眼，聆聽鼓聲敲出快、快、快的催促聲，舞者們高唱趕緊、趕緊、趕緊，還有人在搖鈴，一度讓我想起聖誕節與雪橇鈴鐺。當我重新睜開眼，奶奶不見了。

我左顧右盼，努力回想停車地點。我望穿人潮，回頭看向樹林，又望向較遠處的小吃攤。「他們走了，」我暗想：「他們丟下我了。」我推擠過人群。

觀眾在拍手，鼓聲咚咚，我整個人團團轉，想不起原先從哪個方向來。有三個路標各指向不同的停車區。鼓聲敲得震天響。我繼續往人群深處推進，他們現在和著鼓聲，拍手拍得更加響亮。

印地安人圍成兩個圓圈，一內一外，上下蹦跳著。男人頭戴羽飾，身穿皮革短圍裙，圍在外圈跳舞。他們腳上穿著麂皮靴，我又想到菲鳳的那張紙條：批判一個人之前，先穿上他的麂皮靴走過兩個滿月。

內圈的女人則穿著長裙、戴著串珠，手挽著手圍繞一名年紀較大的婦人跳舞。那名婦人穿的是普通棉布連身裙，頭上有個巨大的頭飾滑落下來蓋住額頭。

我定睛一看，圓圈中心的女人上下蹦跳，腳上穿著白色平底鞋，鼓聲間歇的空檔，我聽見她喊道：「好耶，好耶。」

2「印地安人」為舊稱，為表示尊重而正名為「美洲原住民」，正名過程中出現不少爭論。

11 ✦ 退縮

次日一早，我們離開威斯康辛繼續上路，壓著馬路穿過明尼蘇達南部邊緣。這一帶的土地緩緩起伏、青蔥翠綠，樹林緊鄰著路邊，空氣中有松樹的氣息。

爺爺說：「終於有點美景了！我喜歡風景好的地方，妳呢，寶貝兒？」

我絕口未提前一天發生的事，就是我以為他們丟下我走了，嚇得差點沒命。我不知道自己是怎麼回事，自從那個四月天媽媽走了以後，我就疑心所有人都會一個個離開。

我很慶幸能繼續說菲鳳的故事，因為說著菲鳳的事，我就不會多想其他有的沒的。

「灰鳳有沒有再收到其他紙條？」奶奶問。

有。隔週週六，我和菲鳳又去瑪莉．露家。我們走出菲鳳家門口時，前門階梯上又放了一個裝著藍色紙條的白色信封。紙條上寫著：

每個人都有自己的時程。

我和菲鳳往街道兩邊張望，不見留信者的蹤影。瑪莉．露覺得這些紙條（這一次和上一次）很耐人尋味。「好刺激喔！」她說：「要是有人也給我寫紙條就好了！」

菲鳳卻覺得毛骨悚然。令她困擾的不是內容——那些字句沒什麼可怕——而是想到有人偷偷摸摸在附近走動，把紙條留在門廊上。她擔心那個人一直在監視他們家，等候適當時機才留字條。菲鳳是個冠軍杞人[3]。

我們試圖釐清紙條傳達的訊息。「好，」菲鳳說：「時程是指一份清單，通常會列出開會要討論的事項……」

「那麼可能是寫給妳爸的。」我猜測道：「他常常開會嗎？」

「應該吧，」菲鳳說：「他整天都忙得要命。」

3 杞人：出自成語「杞人憂天」，比喻不必要的憂慮。

「也許是他老闆寫的。」瑪莉・露說：「也許妳爸爸主持會議主持得不太好。」

「我爸做事非常有條理。」菲鳳說。

「那另一個訊息呢？」瑪莉・露說：「在穿上一個人的麂皮靴走過兩個滿月之前，不要批判他。」

「我知道那是什麼意思。」我說：「我爸說過很多次。我本來是想像一雙印地安鞋內各有一個月亮，但我爸爸說這句話的意思是我們不應該隨便批評人，除非穿上他的麂皮靴，也就是穿上他的鞋，設身處地的意思。」

「妳爸爸常說？」菲鳳問。

「我知道妳在想什麼，」我說：「但我爸爸沒有鬼鬼祟祟留那些紙條，那不是他的筆跡。」

當班恩走進瑪莉・露的房間，她問他覺得這是什麼意思。他從她書桌拿起一張紙，很快的畫了幅漫畫。我覺得有點恐怖，因為他畫的和我原本的想像一模一樣——一雙印地安鞋內各裝著一個月亮。

「說不定啊，」瑪莉・露對菲鳳說：「妳爸爸在工作上太容易對別人妄下判斷，他需要先穿上他們的麂皮靴。」

「我爸爸才不會妄下判斷。」菲鳳說。

「妳不必這麼敏感。」班恩說。

「我沒有，我只是在告訴你們我爸爸不會妄下判斷。」

稍後，我們上藥妝店。我原以為只有我和菲鳳和瑪莉．露要去，不料臨出家門時，又多了湯米和道格，到了最後一刻，班恩也說要去。

「真不知道妳怎麼受得了。」菲鳳對瑪莉．露說。

「受得了什麼？」

菲鳳指向湯米和道格，只見他們有如上了發條的玩具跑來跑去，嘴裡發出飛機和火車的噪音，一下子衝到我們中間，一下子跑到前頭去，爭先恐後、大喊大叫，然後又忽然跳回來互相打鬧，追著熊蜂跑。

「我習慣了，」瑪莉．露說：「我這幾個弟弟老是做一些牛頭牛腦的蠢事。」

班恩一整路都緊跟在我後面，害我很緊張，不停轉頭看他在後面做什麼，但他只是面帶微笑閒步跟隨。

湯米猛的撞上我，我正要往後摔倒，被班恩一把接住。他兩手摟著我的腰，即使我很明顯已經站穩腳跟，他仍緊抱不放。我又再次聞到那古怪的葡萄柚味，並感覺到他的臉貼在我頭髮上。「放手。」我說道，但他沒有放手。我有種奇怪的感覺，好像有隻小動物爬上我的脊椎，那感覺倒不是可怕，而是輕輕癢癢的。我心想也許他往我衣服裡面丟了什麼東西。「放手！」我又說，他才終於照做。

真正讓我有點害怕是在進了藥妝店以後。可能是我聽菲鳳說了太多關於瘋子和斧頭殺人魔的故事，和菲鳳在看雜誌的時候，我覺得好像有人盯著我們，我朝班恩站的地方看去，但他正和瑪莉．露忙著挑巧克力棒。那個感覺並沒有消失，我又轉向另一邊，那個來過菲鳳家、緊張兮兮的年輕人竟就站在店裡的另一頭。他正在櫃台付錢，可是把錢遞給店員時，眼睛卻注視著我們。我用手肘撞撞菲鳳。「不會吧，」她說：「是那個瘋子。」她急忙走向班恩與瑪莉．露。「你們快看，是那個瘋子。」

「哪裡？」

「收銀台那邊。」

「那裡沒人啊。」瑪莉．露說。

「是真的，他剛才還在。」菲鳳說：「我發誓，不信問小莎。」

「他剛才在。」我說。

稍後，我們與瑪莉．露分手準備回菲鳳家時，忽然聽見後面有人急奔而來。菲鳳覺得我們受到詛咒。「要是那個瘋子把我們的頭砸爛，把我們丟在人行道上……」她說。

我感覺有隻手搭到我肩上，張開嘴想大聲尖叫，卻發不出聲音。我的大腦在說：「叫啊！叫啊！」但聲音就是出不來。

原來是班恩。他說：「我嚇到妳了嗎？」

「這一點都不好玩。」菲鳳說。

「我陪妳們走回家。」他說：「以防萬一附近有……有……瘋子。」他說不出瘋子二字。回菲鳳家的路上，班恩說了幾件怪事。首先他說：「也許妳們不應該喊他瘋子。」

「為什麼？」菲鳳問。

「因為瘋子是……那意思是……聽起來好像……算了。」他不願意解釋，還一臉尷尬，似乎覺得一開始就不該提。接著他對我說：「你們家的人不會互相碰觸嗎？」

「這是什麼意思？」

「我只是好奇，」他說：「每次有人碰妳，妳都會退縮。」

「我才沒有。」

「妳有。」他碰了一下我的手臂。我不得不承認，我本能的想退縮，但忍住了。我假裝沒有注意到他的手放在我手臂上，但脊背上又有動物在搔癢了。

「嗯，」他像個醫生在檢視病患。「嗯。」他將手移開。「妳媽媽在哪裡？」

我從未向任何人提起過媽媽，連菲鳳也不例外，只有一次菲鳳問起她，我只說她沒跟我們一起住。

班恩說：「我看過妳爸爸一次，可是從沒看過妳媽媽。她在哪裡？」

「她在愛達荷，愛達荷的劉易斯頓。」

「她在那裡幹麼？」班恩說。

「我不太想說。」我卻沒想到要問他媽媽又在哪裡。

他又碰了我的手臂。見我退縮，他便說：「哈！逮到了。」

他說的話，令我感到困擾。我想到爸爸已不再像以前那麼常抱我，而現在只要有人碰我，我可能真的開始會退縮。我並不是一直都這樣，我們家人以前也經常互相擁抱。與班恩和菲鳳同行時，我想起我九歲或十歲的時候，有一回媽媽鑽進我的被窩緊緊挨著，說道：「我們來做個木筏，然後順流而下。」本來我常常想起她說的木筏，也確實相信也許有一天我們會打造出木筏，一起乘筏順流而下，可是當她去愛達荷的劉易斯頓，卻是獨自一人。

班恩碰觸菲鳳的手臂，她也往後縮。「哈，」他說：「逮到了。妳也很神經質，飛飛蜂。」

這也同樣讓我困擾。我本來就已經注意到菲鳳全家看起來多麼緊繃、多麼整潔、多麼端莊體面、多麼死死板板，難道我開始變得跟他們一樣？他們為什麼會那樣？我曾有兩、三次看見菲鳳的母親試圖碰觸菲鳳或曉心或溫彼古先生，但他們都退避開來，就好像他們都比她更快長大了。

我是不是也漸漸避開自己的母親？她是不是有多出來的空間？所以她才離開？

來到菲鳳家的車道後，班恩說：「我想妳們現在安全了，我也該走了。」

「走吧。」菲鳳說。

這時施谷太太開著她的黃色福斯停到路邊，車輪吱嘎作響，一頭女巫般的紅髮被風吹得胡亂飄飛。她朝我們揮手，接著開始把東西搬下車，丟在人行道上。

「那是誰？」班恩問道。

「施谷太太。」

「屍骨？屍體那個屍骨？」

「對，同音。」

「嗨，小莎。」施谷太太高喊道。她把一堆凹凸不平的袋子放在人行道上。

班恩問她需不需要幫忙。「哇，你真有禮貌。」施谷太太說時，狂野的灰色眼眸閃閃發亮。

「我被她嚇個半死。別進去。」菲鳳小聲對班恩說。

「為什麼？」他說得太大聲，施谷太太抬起頭問道：「什麼？」

「喔，沒事。」菲鳳回答。

施谷太太說：「小莎，妳要不要進來？」

「我要去菲鳳家。」我很高興能找到藉口。

菲鳳的母親出現在他們家門口。「菲鳳？妳在做什麼？要進來嗎？」我們便留下班恩。進菲鳳家的時候，我們看見班恩從人行道抱起一樣東西，是一把亮晶晶的新斧頭。

菲鳳的母親說：「那是瑪莉．露的兄弟嗎？他陪妳們回家嗎？瑪莉．露呢？」

「我最討厭妳連問三個問題。」菲鳳說。透過窗子，可以看見班恩拖著斧頭爬上施谷太太家的前門階梯。菲鳳大喊：「別進去啊！」可是當施谷太太替他開了門，班恩隨即消失在門內。

「菲鳳，妳在做什麼？」她母親問道。

接著菲鳳從口袋掏出信封，那個裝著最新字條的信封。「我在外面發現這個。」她說。

溫彼古太太小心翼翼打開信封，一副裡面可能裝著迷你炸彈的模樣。「我的天哪，」她說：「這是誰寫的？又是寫給誰的？寫這個是什麼意思？」菲鳳便解釋時程的含義。「我知道時程是什麼，菲鳳。我一點也不喜歡這樣，我想知道這些是誰留的。」

我等著菲鳳告訴她，我們在藥妝店看見那個緊張兮兮的年輕人，不料菲鳳並未提起。片刻過後，我們看見班恩走出施谷太太家，看起來毫髮無傷。

那天當我回到家，爸爸正在車庫裡弄車子。他彎身趴在引擎上方，一開始看不見他的臉。「爸……如果有人去摸另一個人，而那個被摸的人退縮，你覺得那是什麼意思？你覺得那是不是代表被摸的人太死板了？」

爸爸慢慢轉過身來，兩眼又紅又腫，我想他剛剛在哭。他的雙手和衣服上都是油汙，可是當他擁抱我，我沒有退縮。

12✦結婚新床

我剛開始說菲鳳的故事時，爺爺奶奶都靜坐傾聽。爺爺專心看路，奶奶則凝視窗外，偶爾才插一句「么命啊！」或「不會吧？」但隨著故事愈來愈深入，他們打斷的次數也愈來愈多。

當我說到「每個人都有自己的時程」那張字條，奶奶猛拍一下儀表板說：「那可不！老天爺！這句話不就代表了一切嗎？」

我問道：「什麼意思？」

「每個人一路走來都只關心自己的問題、自己的人生、自己的煩惱。我們全都期望別人配合我們的時程。『看看我的煩惱，陪我一起擔憂吧，進入我的人生，關心關心我的問題，關心關心我。』」奶奶嘆氣道。

爺爺搔搔頭。「妳變成哲學家啦。」

「管好你自己的時程就好。」她說。

當我提到班恩問媽媽在哪裡，我回答說她在劉易斯頓，但我不想多說的時候，爺爺和奶奶互看了一眼。爺爺說：「有一次我爸爸離家出走六個月，沒告訴任何人要上哪去。當我最好的朋友問我爸爸在哪裡，我立刻朝他下巴揮了一拳。我最好的朋友喔，我硬是往他下巴揍了一拳。」

「你怎麼從來沒跟我說過？」奶奶說：「希望他有還手。」

爺爺指著自己牙齒的一個缺口。「看到了嗎？他老兄打斷了我牙齒。」

當我告訴爺爺奶奶說班恩摸我的時候我會退縮，又說我回家後看見爸爸在車庫的事，奶奶解開安全帶，整個人往後轉，將身子探過椅背，拉起我的手親了親。爺爺說：「也替我親一下。」於是奶奶又親親我的手。

有幾次當我描述菲鳳那個充滿瘋子和斧頭殺人魔的世界，奶奶說道：「就跟葛蘿莉亞一樣，我可以對天發誓，就跟葛蘿莉亞一模一樣。」有一回她說完同樣的話後，爺爺露出迷濛的眼神，奶奶便說：「別一聽到葛蘿莉亞就發呆，我知道你在想什麼。」

爺爺說：「聽到了嗎，寶貝兒？我有什麼心思，我們傻瓜蛋都知道，她厲害吧？」

就在到達南達科塔州界前，爺爺往北繞了點路，因為他看見位於明尼蘇達州菸斗石市的菸斗石國家紀念園區的廣告招牌，招牌上畫著一個印地安人在抽菸斗。

「你去看一個老印地安人抽菸斗要幹麼？」奶奶問道。她跟媽媽一樣不喜歡「美洲原住民」這個詞。

「我就是想看，」爺爺說：「以後可能再也沒機會了。」

「沒機會看印地安人抽菸斗？」奶奶說。

「要不要花很多時間？」我問道，此時空氣在尖叫著：趕緊、趕緊、趕緊。

「不會太久的，寶貝兒。我們得讓爆油器冷卻一下。開這些路真是累死我了。」

繞路到菸斗石的途中，我們蜿蜒穿過一座陰涼的森林，倘若閉上眼睛，可以聞到空氣中有肯塔基白班克斯的氣味。菸斗石是個小鎮，無論走到哪裡，都會看見交談的民眾：有些站著說話，有些坐在長椅上說話，有些邊走路邊說話。當我們從旁經過，他們會抬眼直視我們說「嗨」或「哩好」，雖然聽起來有點土，我們卻立刻有回家的感覺。實在太像白班克斯了，在那裡不管誰一碰面都會停下來寒暄幾句，因為他們互相認識，而且已經認識了一輩子。

我們前往菸斗石紀念園區，看見印地安人在採石場使勁敲石頭。我問其中一人是不是美洲原住民，他卻說：「不是，我是人。」我說：「但你是不是美洲原住民？」他說：「不是，我是美洲印地安人。」我說：「我也是，我有這個血統。」

我們觀看其他美洲印地安人用石頭做菸斗。在菸斗博物館，我們學到許許多多關於菸斗的知識，沒有一個人類需要知道這麼多。在博物館外的一片小空地上，有個美洲印地安人坐在樹樁上抽著長菸斗，爺爺看了約莫五分鐘後，問說他能不能試試。

那人將菸斗交給爺爺，爺爺便坐到草地上，抽了兩口後遞給奶奶。她眼睛眨都沒眨一下，直接抽兩口後又遞給我。菸斗末端有種甜甜、黏黏的口感，我將菸斗柄放進嘴裡輕輕親兩下，爺爺奶奶看起來就是這麼做的。菸進到我嘴裡，我含住同時遞還了菸斗[4]。

我含著菸的時候，爺爺奶奶又抽了幾口。我覺得自己有點蠢，便微微張開嘴，一縷細細的煙捲了出來，我一看到，不知為何想起媽媽。一點道理都沒有，我的大腦卻在說：「那是妳媽媽。」然後我就看著那縷煙消失在空氣中。

---

4 吸菸有害健康，未滿二十歲不得吸菸及禁止供應其菸品。

在菸斗博物館的附屬紀念品店裡，爺爺買了兩根和平菸斗，一根給自己，一根給我。「這不是用來抽的，」他說：「是留作紀念的。」

當晚我們下榻「紅蕃喬和平宮殿」汽車旅館。接待大廳的一塊招牌上，有人把「紅蕃」兩個字劃掉，改為「美洲原住民」，於是整塊招牌變成：「美洲原住民喬和平宮殿汽車旅館」。我們房間的毛巾本來繡著「紅蕃喬」的字樣，也被人用黑色馬克筆改為「印地安喬」。為什麼大家都這麼三心二意呢[5]？

經過這些天，我已經習慣和爺爺奶奶睡同一個房間。每晚當他們上了床，總是並肩仰躺，而且每一個晚上爺爺都會說：「這不是我們的結婚新床，但還可以湊合。」

對爺爺來說，這世上最珍貴的（除了奶奶之外）恐怕就是他們的結婚新床了。他都這麼稱呼他們在肯塔基白班克斯家裡的床。爺爺最愛說的故事之一，就是他們所有的兄弟都在那張床上出生，而爺爺奶奶自己的孩子也全都出生在同一張床上。

爺爺說這個故事時，會從他十七歲、與父母同住在白班克斯說起。他就在那一年遇見奶奶。當時奶奶到姑媽家作客，她姑媽家和爺爺家相隔一片草原。「當年的我可野了。」爺爺說：「我老實告訴妳，沒有一個姑娘能讓我定下性子。」

她們必須想辦法抓住脫韁的他。可是當他看見奶奶在草原上奔跑，一頭長髮柔細得有如小母馬，反而是他想去抓住她。「說到野啊！妳奶奶才是上帝恩賜到人世間最狂野、最桀驁不馴、最暴躁也最美麗的生物。」

爺爺說他像隻生病的老狗跟在她後面，整整跟了二十二天，到了第二十三天，他大步走到她父親面前向他提親。奶奶的父親說：「如果你能讓她定下來夠久，她也願意跟你，應該就娶得成了吧。」

當爺爺向奶奶求婚，她反問說：「你有狗嗎？」爺爺說有，事實上他有一隻又老又肥的米格魯，叫莎蒂。奶奶又問：「牠睡在哪裡？」

爺爺有點結巴的說：「老實跟妳說吧，牠就睡在我旁邊，不過要是我們結婚，我……」

「你晚上進門以後，狗會有什麼反應？」奶奶接著問。

爺爺猜不出奶奶的用意，只能實話實說。「牠會跳到我身上，又叫又舔的。」

「然後你會怎麼做？」奶奶問。

「這個嘛，天哪……」爺爺不想承認，但還是說：「我會把牠抱在腿上輕輕

5「紅蕃」是對美洲原住民的舊稱，具有殖民色彩和歧視意味。

拍，直到牠安靜下來，有時候還會唱歌給牠聽。妳讓我覺得自己像個傻瓜。」「我不是故意的，」奶奶說：「我想知道的你都告訴我了。既然你對一條狗都那麼好了，我猜你會對我更好。而既然那隻老米格魯莎蒂這麼愛你，我猜我應該會更愛你。好，我願意嫁給你。」

他們在三個月後完婚。從求婚起到他們結婚當天的期間，爺爺和自己的父親與兄弟在第一片草原後方的空地蓋了一間小屋。「我們來不及蓋好房子，」爺爺說：「屋裡一件家具都沒有，但是不要緊。婚禮當天晚上，我們還是會睡在那裡。」

一個晴朗的七月天，他們在一片白楊樹林裡結婚，婚禮過後，所有的親友都到河岸邊吃喜宴。用餐時，爺爺發現自己的父親和兩個兄弟不在，以為他們去準備酒歡會了——就是男賓客會把新郎架走大約一小時，一起到樹林裡去分享一瓶威士忌。喜宴結束前，他的父親兄弟回來了，但並沒有架走他去參加酒歡會。爺爺說他還是很高興，因為那天晚上他需要保持清醒。

用餐完畢，爺爺抱起奶奶穿過草原，賓客跟在他們後面唱著歌：「噢，鬱金香花開——時，到鬱金香園裡來找我……」婚禮結束新人離開時，大夥兒總會唱這首歌。這應該是在開玩笑，好像是說爺爺奶奶自己要走了，等下次再出現恐怕已經是來年鬱金香花開時。

爺爺抱著奶奶一路越過草原、穿過樹林，來到他們小屋所在的空地。他抱著她進門，環顧一周後潸然淚下。

爺爺抱奶奶進屋後之所以落淚，是因為臥室正中央擺著他自己父母親的床，也就是爺爺和他每個兄弟出生的床，他父母親一直以來睡的床。原來宴會期間，他父親和兄弟不見人影就是到這裡來，把床搬進爺爺奶奶的新家。床腳邊，只見爺爺那隻老邁的米格魯莎蒂，正扭動身體稀里呼嚕吃著東西。

故事說到最後，爺爺的結語總是：「我這一輩子都有那張床在，我要死在那張床上，那麼所有關於我的事，那張床就無所不知了。」

因此我們前往愛達荷旅途中的每一晚，爺爺都會拍拍旅館的床說：「這不是我們的結婚新床，但還可以湊合。」而睡在旁邊床上的我便會暗自納悶，我將來會不會也有一張跟他們一樣的新床呢？

13 ✦ 蹦蹦跳跳波克威

該跟爺爺奶奶提到波克威老師了。

波克威老師超級奇怪，不知道該如何看待他才好。我想他的大腦閣樓裡可能有幾隻松鼠。他是那種活力充沛的老師，對自己教的學科愛得半死，上課時總是誇張的滿場飛躍，有時揮舞雙臂，有時緊抓胸口，有時又重重拍人後背。

他會說「優秀！」或「好極了！」或「太棒了！」，他長得高高瘦瘦，一頭蓬鬆黑髮讓他顯得狂野，卻有一雙大而深邃、如牛眼般的褐色眼眸，處處閃耀光芒，當那雙眼睛轉向你，你會覺得他整個人生目的好像就是站在那裡傾聽你說話，而且只傾聽你一人。

第一節課上到一半，波克威老師要每個學生交出暑假日記。他興奮的在走道間來回走動，收取日記時如獲至寶。「好極了！」他對每個交出日記的學生說。

我很擔心。我沒有日記。

瑪莉．露．費尼的桌子上放了六本日記。六本耶。波克威老師說：「天哪，真不得了。這是……這莫非是……莎士比亞？」他數了數日記。「六本啊！優秀！了不起！」

克莉絲蒂和梅根——這兩個女生有自己專屬的團體叫ＧＧＰ（天曉得這是什麼意思）——在教室另一頭交頭接耳，並往瑪莉．露這邊投以不懷好意的眼光。波克威老師伸手要拿日記時，瑪莉．露卻一手壓在最上面，低聲說道：「我不想讓你看日記。」

「什麼？」波克威老師驚聲高嚷，「不看日記？」教室裡鴉雀無聲。瑪莉．露都還來不及眨眼，波克威老師已經將她的日記一把撈起，說道：「別傻了。優秀！謝謝妳！」

另一個女同學貝絲．安一副快要哭出來的樣子。菲鳳用眉毛向我打暗號，表示她也不太高興。我想她們都希望波克威老師不會真的讀她們的日記。

波克威老師一邊繞著教室走一邊抓起日記。艾利克斯．戚維的日記封面貼滿籃球貼紙，克莉絲蒂和梅根畫了無數男模的圖像，班恩的封面則是一幅漫畫，畫著一個有正常人頭的男孩，四肢卻是鉛筆，手指尖與腳尖還流出字串來。

來到菲鳳桌旁時，波克威老師拿起她素面的日記翻開窺探一眼。菲鳳坐在椅子上往下滑，一面說道：「我沒有寫很多。其實我幾乎不記得自己到底寫了什麼。」

等老師來到我旁邊，我的心怦怦跳，簡直像是直接要從胸口蹦出來。「受剝奪的孩子，」他說：「妳竟然沒機會寫日記。」

「我是新來的……」

「新來的？太幸運了。」他說：「這遼闊世上最好的莫過於新的人了！」

「所以我不知道要寫日記……」

「別擔心！」波克威老師說：「我會想點其他的。」

我不確定他是什麼意思，說不定他會給我一大堆其他功課或是什麼的。接下來一整天，都可以看到同學們三五成群互問：「你有沒有寫到我？」我很慶幸自己什麼也沒寫。

有好一陣子都沒有再聽說日記的事。我們完全不知道那些日記即將興起滔天大禍。

14 ✦ 杜鵑花

某個週六，我又去菲鳳家。她爸爸去打高爾夫球，媽媽要出門辦事。溫彼古太太臨走前念了一串長長的清單，讓我們知道她要去哪裡，好讓我們必要時能找得到她。萬一聽到任何動靜，要馬上打電話報警。「報警以後，」溫彼古太太說：「就打給施谷太太，我想她今天在家，一定可以立刻趕過來。」

「想得美，」菲鳳小聲對我說：「她大概是我最不想找的人了。」只要有點風吹草動，菲鳳就想像是那個瘋子偷偷潛入，或是留訊息的人又悄悄丟了一張匿名紙條。她整個人神經兮兮，害我也開始坐立不安。

菲鳳在母親離開後說道：「施谷太太的工作時間很奇怪，對吧？有時候她會連續一個禮拜每天晚上去工作，等到大部分人開始起床了，她才拖拖拉拉的回家，但有時候又是白天工作。」

「她是護理師，所以我猜她有不同的值班時間。」我說。

那一天施谷太太在家，在花園裡做一些雜活，從菲鳳臥室的窗口可以看到。其實，「做雜活」這說法並不精確，她比較像是在劈砍。施谷太太砍斷樹枝，拖到她家空地後方，和上星期砍下的樹枝堆在一起。

「我就跟妳說吧，她壯得像頭公牛。」菲鳳說。

接下來，施谷太太對著一叢可憐兮兮、企圖悄悄爬上屋牆的玫瑰又削又劈，然後修剪鄰接菲鳳家院子的樹籬頂端，再來轉往一叢杜鵑花，正在仔細檢視之際，有一輛車停進她家車道。只見一個身形高大、頂著亂糟糟黑髮的男人跳下車，看見她之後，幾乎是跳著回到她所在處，兩人互相擁抱。

「不會吧。」菲鳳說。那個滿頭亂糟糟黑髮的男子正是波克威，我們的英文老師。

施谷太太指向杜鵑花叢，隨後指向斧頭，但波克威老師搖搖頭。他走進車庫，回來時拿著兩把鐵鍬。接著他和施谷太太又挖又刺，在土裡鑿出一條條溝渠，最後可憐的老杜鵑花叢啪一聲側倒下來。他們將花叢拖到院子另一邊，用那裡的一堆土重新種下。

「說不定花叢底下藏了什麼東西。」菲鳳說。

「例如什麼？」

「例如施谷先生……我之前就跟妳說過了。說不定波克威老師幫忙把她老公剁碎埋了，他們可能擔心被發現，就決定用杜鵑花叢掩飾。」我想必露出狐疑神情，菲鳳說道：「小莎，事情真的很難說。而且小莎，我覺得妳或是妳爸爸都不應該再上那兒去了。」

這點我絕對舉雙手贊成。兩天前的晚上，我和爸爸才去過，我幾乎整晚都坐不安穩。我開始留意到瑪格麗特家有好多可怕的東西：詭異面具、老舊刀劍，還有名為《莫爾格街凶殺案》和《骷髏頭與斧頭》之類的書。瑪格麗特在廚房攔住我，問道：「關於我，妳爸爸都跟妳說了些什麼？」

「沒什麼。」我說。

「噢。」她顯得失落。

爸爸在瑪格麗特家的行為舉止總是不太一樣。在家裡，我偶爾會發現他坐在床上怔怔望著地板，或是拿出舊信重讀，或是盯著相簿，表情孤獨哀傷。但在瑪格麗特家他會露出微笑，有時甚至會大笑，有一回她摸他的手，他也任由她的手搭放在自己手上。我不喜歡這樣。我不希望爸爸傷心，但至少他傷心的時候，我知道他在思念媽媽。因此當菲鳳建議我和爸爸別去瑪格麗特家，我十分樂意支持她的想法。

當菲鳳的母親辦完事情回到家，臉色很嚇人。她又是抽鼻子又是擤鼻涕。

菲鳳說我們要去寫作業了。上樓後，我說道：「也許我們應該幫忙整理她買回來的東西。」

「那些事她喜歡自己做。」菲鳳說。

「妳確定嗎？」

「我當然確定。」菲鳳說：「我從小到大都住在這裡，不是嗎？」

「她好像剛剛哭過，也許出了什麼事，也許有什麼事讓她心煩。」

「如果是這樣，她不會說嗎？」

「說不定她不敢說。」我說。我暗自納悶，為什麼我這麼輕易就能看出菲鳳的母親憂心難過，菲鳳卻看不出來——又或是看得出來，卻視而不見。或許她是不願意去注意，或許這種事情太令人害怕。我對媽媽會不會也是這樣，會不會有什麼我沒注意到的？

那天下午稍晚，我和菲鳳下樓時，溫彼古太太正在和曉心說話。「妳會覺得我的人生很渺小嗎？」她問道。

「什麼意思？」曉心邊磨指甲邊問：「我們家有沒有去光水？」

菲鳳的母親便從浴室拿來一瓶去光水。

「啊！」曉心說：「趁我現在還記得……妳能不能幫我縫那條褐色裙子的裙邊？我明天想穿。拜託啦！」曉心側偏著頭拉扯頭髮，動作和菲鳳一模一樣，還微微嘟起嘴來。

「曉心不會縫衣服嗎？」我問。

「她當然會。」菲鳳說：「怎麼了嗎？」

「我只是覺得奇怪，她怎麼不自己縫裙子。」

「小莎，妳愈來愈吹毛求疵了。」

那天我離開菲鳳家之前，溫彼古太太便將新縫好裙邊的褐色裙子交給曉心，而我回家的一路上都在想著溫彼古太太，以及她所謂的渺小人生是什麼意思。如果她不喜歡烘焙、打掃，或是幫忙拿去光水、縫裙邊，那為什麼要做？為什麼不告訴家人有些事請自己做？也許她是擔心如此一來她便無事可做，他們便不再需要她，她會變成隱形人，誰也不會注意到她。

當天回到家，爸爸交給我一個包裹。「這是瑪格麗特送的。」他說。

「是什麼？」

「不知道。妳何不打開看看？」

裡面是一件藍色毛衣。我將毛衣放回盒子便上樓去，爸爸尾隨而來。「小莎……小莎……妳喜歡嗎？」

「我不要。」我說。

「她只是想……她喜歡妳……」

「我才不在乎她喜不喜歡我。」我說。

爸爸站在那裡環顧房間，說道：「我只是想跟妳說點瑪格麗特的事。」

「可是我不想聽。」我真覺得火冒三丈。爸爸離開房間後，我還能聽見自己的聲音說：「我不想聽。」那口氣和菲鳳如出一轍。

15 ✦ 蛇吃點心

南達科塔比火焰還熱。到了蘇瀑市，爺爺脫去襯衫。行經米契爾後，奶奶將洋裝的鈕釦解到腰間。才剛過張伯倫市，爺爺便繞路到密蘇里河，將車停在矗立於沙岸上的一棵樹下。

爺爺奶奶踢掉腳上的鞋子。外面安安靜靜，好熱、好熱、好熱。耳邊只聽見河上游某處有隻烏鴉啼叫，與遠處公路上的車聲。熱空氣緊貼我的臉，我的頭髮宛如一條又熱又重的毯子披在脖子與背上。天氣之炎熱，甚至可以聞到太陽烘烤岸邊石頭泥土的熱氣。

奶奶脫去套頭洋裝，爺爺解開腰帶，讓褲子掉落到地上。他們倆開始互相踢水，並捧起水來從頭淋下，然後走到水深及膝處坐下來。

「來啊，寶貝兒。」爺爺喊道。

奶奶說：「好舒服呢！」

我往河流上下游看去，一個人影也看不見。河水看起來涼爽清澈，爺爺奶奶坐在水中央，咧嘴笑得開心極了。我涉入水中坐下。清涼河水潺潺流動，四周盡是萬里無雲的高空，河岸邊的樹隨風搖擺，簡直有如天堂。

我的頭髮在水中飄散開來將我包圍。原本媽媽的頭髮也跟我一樣又長又黑，但她在離開的一個星期前，把頭髮剪了。爸爸對我說：「別剪掉妳的頭髮，小莎！拜託妳別剪。」

媽媽說：「我知道你不高興我剪頭髮。」

爸爸說：「我可沒說到妳的頭髮。」

「但我知道你在想什麼。」她說。

「我好愛妳的頭髮，蜜糖。」他說。

我留下了她的頭髮。我把頭髮從廚房地板掃起來，包在塑膠袋內，藏在我房間的木地板底下。現在也還在，與她寄來的明信片放在一起。

和爺爺奶奶一起坐在密蘇里河水中時，我努力不去想那些明信片，而是盡可能專注於高高的天空與清涼的河水。要不是那隻執拗的烏鴉不停「呀——呀」叫著，好像催趕我們去壓馬路，這一切真是完美無缺。「我們還要待很久嗎？」我問道。

那男孩不知從哪兒冒了出來。爺爺最先看到，立刻小聲的說：「到我後面來，寶貝兒。妳也是。」他轉而對奶奶說。男孩約莫十五、六歲，深色頭髮亂七八糟，身穿藍色牛仔褲，沒穿上衣，棕褐色的胸膛結實健壯。他手裡拿著一把鮑伊長刃獵刀，刀鞘掛在腰帶上。他就站在岸邊，爺爺脫下的褲子旁。

我忽然想到菲鳳，她要是在，一定會警告我們說那個男孩是瘋子，會把我們全都大卸八塊。我很希望我們沒有在河邊停留，很希望爺爺奶奶能更小心一點，甚至應該更像菲鳳一點，處處都能看見危險。

見男孩瞪著我們，爺爺說道：「哩好。」

男孩說：「這裡是私人產業。」

爺爺四下看了看。「是嗎？我沒看到告示牌啊。」

「這裡是私人產業。」

「搞什麼啊，」爺爺說：「這裡是河，我可從沒聽說過河是私有的。」

男孩拾起爺爺的褲子，將手伸入其中一個口袋。「我現在站的地方是私人產業。」

男孩讓我覺得害怕，好希望爺爺能做點什麼，但爺爺看起來冷靜而鎮定。聽他說話的口氣好像壓根就不在乎，但他擋在我和奶奶前面一步步不斷往前走，我知道他也感到憂慮。

我往河床上東摸西找，拿起一塊扁平石頭，往水面上打水漂。男孩看著石頭，數著它彈了幾下。

有條蛇沿著岸邊閃現，溜進水裡。

「看到那棵樹了嗎？」爺爺問道，同時指向一株老柳樹。柳樹離男孩站立處不遠，柳枝斜垂入水中。

「看到了。」男孩回答，一面伸手去掏爺爺的另一個褲袋。

爺爺說：「看到那個樹洞了嗎？你仔細瞧了，看看我們這個寶貝兒能對樹洞做什麼。」爺爺朝我眨眨眼，只見他脖子上青筋暴露，幾乎可以看見血管內血液奔流而過。

我又摸摸河床，撿起一塊參差不齊的扁平石頭。這把戲，我在白班克斯的戲水潭裡已經玩過不下百萬次。我抬起手臂往後拉，將石頭直直射向柳樹，石頭邊緣隨即嵌進樹洞。男孩立刻停下動作，不再摸索爺爺的褲袋，而是定定的打量我。

奶奶「啊」了一聲，兩手一陣揮舞後伸入水裡，抓起一條蛇，然後疑惑的看著爺爺。「這是水蝮蛇，對不對？」她說：「這有毒，對不對？」蛇奮力朝著河水扭動滑行。「我很確信牠把我的腿當點心吃了。」她直瞪著爺爺。

男孩站在岸上，手裡拿著爺爺的皮夾。爺爺一把撈起奶奶，將她抱上岸。「妳能不能把那玩意兒丟掉？」他對手裡還抓著蛇的奶奶說，接著對我說：「快離開水裡，寶貝兒。」

爺爺將奶奶放到河岸上後，男孩隨即過來蹲跪在她身旁。「你有那把刀，真是太慶幸了。」爺爺隨即伸手取刀。他在奶奶被蛇咬的部位劃一道口子，血從腳踝滴流而下。奶奶呆呆仰望天空，我則拉著她的手。爺爺跪下來準備吸傷口的血，男孩卻說：「來，讓我來吧。」男孩將嘴巴湊到奶奶流血的腿上，吸一口吐掉，吸一口吐掉。奶奶的眼皮不停顫動。

「你能不能幫我們帶路去醫院？」爺爺說。

男孩一邊吐口水一邊點頭。爺爺和男孩合力將奶奶抱上車，安頓在後座，我則匆匆拾起他們放在岸上的衣服。我們讓奶奶的頭枕在我腿上，腳放在男孩腿上，一路上男孩仍不停吸血吐血，並利用吸吐之間的空檔替爺爺報路前往醫院。奶奶抓著我的手。

爺爺抱奶奶進醫院時，身上還穿著溼答答的四角褲。男孩的嘴也始終沒離開過她的腿，吸一口吐一口。

奶奶在醫院住了一夜。在等候室裡，河岸邊那個男孩成大字形攤在椅子上，我遞給他一張紙巾。「你嘴角有血。」我說，同時給他一張五十元鈔。「爺爺叫我給你這個。他現在身上只有這麼多現金，他說要跟你道謝，本來他要自己出來，但他不想離開奶奶。」

他看著我手上的五十元鈔票。「我不需要。」

「你不必留下來。」我說。

他往等候室裡張望了一下。「我知道。」接著轉移開視線又說：「妳的頭髮很好看。」

「我想剪短。」

「不要。」

我在他身邊坐下。

他說：「那裡其實不是私人產業。」

「我想也是。」

稍後，我進病房看奶奶的時候，她在床上縮成一團，臉色蒼白困頓。爺爺也爬上那張窄床，直接躺在她身旁的蓋被上面，輕撫她的頭髮。有個護理師進來看見了，叫他下床。此時的他已經穿上長褲，但整個人慘不忍睹。

我問奶奶覺得怎麼樣，她眨了幾下眼睛說：「放屁屁。」

爺爺說：「他們不知道把她怎麼了，她已經語無倫次。」

我俯身附在她耳邊說：「奶奶，別離開我們。」

「放屁屁。」奶奶說。

護理師離開病房後，爺爺又爬回床上，躺在奶奶身旁。他拍拍床說：「這不是我們的結婚新床，但還可以湊合。」

16 ✦ 歌唱樹

奶奶在第二天早上出院，主要是因為她太頑固了。爺爺希望她再住一天，但奶奶逕自下床說道：「我的內衣呢？」

「我猜這個難搞的女人想出院了。」爺爺說。

我想內心的恐懼讓我們全都變得有點難搞。我在等候室裡過夜，爺爺問我要不要去住汽車旅館，但我怕一離開醫院，就再也見不到奶奶。我們在河邊遇見的男孩縮躺在一張扶手椅上，但我想他也沒睡。他打了一通電話，我聽見他說：「對，我明天早上才回去，我和朋友在一起。」

男孩在六點叫醒我，說奶奶已經好多了，並交給我一張紙。「這是我的住址，如果哪天妳想寫信給我的話，不過妳要是沒寫，我也會理解……」

我打開紙張。「你叫什麼名字？」

他微微一笑。「啊，對喔。」他取過紙，補寫上名字。湯姆·伏里特。「再見啦。」他說。

辦出院時，我問是不是該打個電話給爸爸。爺爺說：「老實說，寶貝兒，我也有想到，可是那樣只會讓他擔心。妳覺得我們是不是可以等到了愛達荷再打給他？」

爺爺說得對，但我很失望。我已經準備要打給爸爸了。我好想聽聽他的聲音，但又害怕自己會開口要他來接我。

到了醫院外面，我聽見一隻鳥在鳴囀，那鳴囀聲異常耳熟，我不由得停下腳步尋找聲音來源。停車場邊緣圍著一圈白楊樹，鳥啼聲就來自其中一株的樹梢，我立即想到白班克斯那棵歌唱樹。

穀倉旁，我最喜愛的糖楓樹旁邊有一棵高大的白楊。我年紀較小的時候，曾聽到它的樹梢頂端傳出最美妙的鳥鳴聲。那不只是鳴叫，而是道地的啼唱，顫音婉轉動人。我站在那棵樹下許久，希望瞥見唱出如此動聽歌曲的鳥兒，但我沒看見鳥，只有樹葉在微風中擺動。我仰頭盯著樹葉，看得愈久，愈覺得是樹本身在唱歌。每次經過那棵樹，我都會豎耳傾聽。它有時會唱歌，有時不會，但從那時起我總喊它「歌唱樹」。

得知媽媽不會再回來的那天早上，爸爸便出發前往愛達荷的劉易斯頓，讓爺爺奶奶過來陪我。我哀求著要一起去，但爸爸說我最好不要經歷那種場面。當天我爬上楓樹看著歌唱樹，等它開口唱歌。我在樹上待了一整天，直到傍晚。它沒有唱歌。

黃昏時分，爺爺在樹下放了三個睡袋，他、奶奶和我就在那裡待一整夜。樹還是沒唱歌。

在醫院的停車場，奶奶也聽見歌聲了。「啊，莎羅曼卡，」她說：「是歌唱樹！」她拉拉爺爺的袖子。

「這是好兆頭呀，你不覺得嗎？」

當我們橫掃過南達科塔朝著惡地國家公園前進，呢喃聲不再是趕緊、趕緊，或是快、快，而是慢點、慢點。我想不透原因，聽起來像是某種警告，但我沒有太多時間思考，因為我忙著說菲鳳的故事。

17 ✦ 人的一生中

看見波克威老師和施谷太太揮砍杜鵑花的幾天後，我和菲鳳放學後一起走路回家。她繃著臉使性子，活像隻三條腿的騾子，我也搞不清楚是怎麼回事。她一再問我為什麼不告訴爸爸施谷太太和波克威老師的事，我跟她說我在等待適當時機。

「昨天妳爸爸到她家去，」菲鳳說：「我看見了。他最好小心點。萬一施谷太太把妳爸爸剁成肉醬，妳要怎麼辦？妳會去跟妳媽媽住嗎？」

她說這話嚇了我一跳，也讓我想起我沒有對菲鳳說起任何關於媽媽的事。「嗯，我應該會去跟她住。」這是不可能的事，我知道，但不知為何無法對菲鳳說出口，因此便撒了謊。

我們進門時，菲鳳的母親坐在廚房餐桌旁，面前有支平底鍋裝著燒焦的布朗尼。她在擤鼻子。「啊，親愛的，」她說：「妳嚇到我了。還好嗎？」

「什麼還好嗎？」菲鳳說。

「唉，親愛的，當然是學校了。怎麼樣？課上得還好嗎？」

「還可以。」

「只是還可以？」溫彼古太太傾身向前親吻菲鳳的臉頰。

「拜託，我不是小嬰兒了。」菲鳳說著擦去那個吻。

溫彼古太太用刀子戳了一片布朗尼。「要不要來一塊？」她問道。

「都燒焦了，」菲鳳說：「再說我已經太胖。」

「親愛的，妳不會太胖啊。」溫彼古太太說。

「我會。」

「不，妳不會。」

「我會，我會，我會！」菲鳳對著母親嚷嚷：「妳不必替我烤點心，我太胖了。妳也不必在這裡等我回家，我已經十三歲了。」

菲鳳邁開大步上樓。溫彼古太太請我吃一塊布朗尼，於是我便坐到餐桌前。

這時我開始回想起媽媽離開的前一天。當時我不知道那是她在家的最後一天，那一天有好幾次，媽媽問我想不想陪她到田野裡散步。外面下著毛毛雨，我又在整理書桌，實在很不想去。「等一下好了。」我反覆說。等她問到大概第十次了，我說：「不要！我不想去。妳幹麼一直問？」我不知道自己為什麼這樣，我完全沒那個意思，但那是我留給她最後的回憶，好希望能收回來。

菲鳳的姊姊曉心風也似的衝進屋裡，任由身後的門砰一聲關上。「我搞砸了，我就知道！」她哀號。

「親愛的！」她母親說道。

「搞砸了！」曉心說：「搞砸了，搞砸了，搞砸了。」

溫彼古太太有些心不在焉的切著布朗尼，問曉心還有沒有機會再參加一次啦啦隊選拔。

「有，明天。但我照樣會搞砸。」

她母親說：「也許我會去看看。」我看得出來溫彼古太太正努力壓抑某種巨大的憂傷情緒，但曉心沒發現。曉心有她自己的時程，就像媽媽希望我陪她散步那天，我也有我自己的時程，因此看不見我自己母親的憂傷。

「什麼？」曉心說：「妳要來看？」

「是啊，這樣不是很好嗎？」

「不要！」曉心說：「不要，不要，不要。妳不能來。那太可怕了。」

我聽到前門打開又關上，接著菲鳳走進廚房，手裡揮著一個白色信封。「猜猜看階梯上有什麼？」她說。

溫彼古太太接過信封，翻來覆去之後才慢慢拆開，取出信箋。

「唉，」她說：「是誰呢？」她遞出紙張：人的一生中，有什麼大不了的呢？

曉心說：「跟妳們保證，我有更重要的事要擔心。我知道我會搞砸啦啦隊選拔。我就是知道。」

她一說再說，最後菲鳳回她：「拜託，曉心，人的一生中，有什麼大不了的呢？」

就在這一刻，溫彼古太太的腦中彷彿有個開關關閉了。她一手摀著嘴，凝望窗外。可是，曉心和菲鳳對她視而不見，並未注意到。

菲鳳說：「啦啦隊選拔賽真有這麼重要嗎？五年以後，妳真的還會記得嗎？」

「會！」曉心說：「會，一定會。」

「那十年後呢？十年後妳還會記得？」

「會！」曉心說。

回家的路上，我想著那張字條。人的一生中，有什麼大不了的呢？我一遍又一遍念著這句話，並好奇想著那個留紙條的人，想著一生當中所有沒什麼大不了的事。我不認為啦啦隊選拔有什麼要緊，但對媽媽大吼大叫就難說了。我很確定，如果媽媽離家出走，這將會是你漫長人生中一件要緊的事。

18 ✦ 好人

我應該談談我爸爸。

在跟爺爺奶奶說菲鳳的故事時，我很少提到爸爸。他是他們的兒子，他們不僅比我了解他，而且誠如奶奶常說的，他是他們的心肝寶貝。他們曾經還有另外三個兒子，但有一個被翻倒的曳引機壓死，有一個滑雪時撞樹身故，第三個則是為了救他最好的朋友，跳入冷冰冰的俄亥俄河而溺斃（那個朋友活下來了，但我叔叔沒有）。

爸爸是他們唯一活著的兒子，但即便另外三個兒子還健在，爸爸仍然是他們的心肝，因為他也是個仁慈、誠實、簡單的好人。我所謂簡單並不是指頭腦簡單，而是他喜歡樸實簡單的事物。他最喜愛的服裝是已經穿了二十年的法蘭絨襯衫和藍色牛仔褲。為了尤克里德的新工作不得不買白襯衫和西裝，簡直是要他的命。

他熱愛農場，因為可以置身於戶外真正的空氣中，而且他不戴工作手套，因為喜歡觸摸土地、木頭與動物。搬家後要進辦公室上班，讓他十分痛苦。他不喜歡被封閉在室內，沒有真實的東西可以觸摸。

十五年來，我們都開同一輛車，一輛藍色雪佛蘭。他無法忍受與這輛車分開，因為他觸摸過——並修理過——每一吋車身。我還覺得只要他一想到車子賣掉後，可能被送進廢車場，應該就會受不了。爸爸最痛恨這種因為車齡高而將車報銷的想法。他經常到廢車場東摸西摸尋寶，買一些舊的發電機或化油器，純粹只為了清理一番，讓它們能重新運作。關於汽車機械，爺爺向來不怎麼拿手，因此他覺得爸爸是個天才。

媽媽說得沒錯，爸爸很善良，他總會想到利用一些小事替人打氣。這點幾乎快把媽媽逼瘋了，因為我認為她很想與他並駕齊驅，卻不像他有與生俱來的天賦。例如，他若在田野間看見一簇花叢，覺得奶奶可能會喜歡，就會挖起一整叢搬到爺爺家的花園，重新種下；遇到下雪天，他會起個大早，長途跋涉到父母親家，剷除車道上的積雪。

他要是進城買農場用具，總會順便替媽媽和我帶一點東西回來。全都是些小玩意——棉質圍巾、書、玻璃紙鎮等等——但不管他買什麼，都一定是你自己也會看中的東西。

我從未見過他發脾氣。「有時候我會覺得你不像人。」媽媽這麼對他說。她離開前不久，經常說這類的話，我聽了十分困擾，因為她好像希望爸爸能壞一點，不要那麼好。

她離開前兩天，我第一次聽到她提起離家的話題。她說：「相較之下，我覺得自己爛透了。」

「蜜糖，妳沒有爛透了。」他說。

「看吧！」她說：「看吧！為什麼你就不能至少相信我爛透了。」

「因為妳沒有。」

媽媽說她必須離開，才能釐清腦中的思緒，並將心裡所有的壞想法都清理掉。她必須知道自己到底是什麼樣的人。

「在這裡也可以做到啊，蜜糖。」他說。

「我得自己一個人。」她說：「我沒法思考，在這裡我只會看到自己不是什麼樣的人。我不勇敢，我不善良，而且我希望能有人喊我的本名。我的名字不是蜜糖，是蟬哈森。」

她生病了。的確受到不小的打擊，沒錯，但我不明白她為什麼不能待在我們身邊養病。我求她帶我一起走，但她說我不能不去上學，爸爸也需要我，而且她一定要一個人走。她一定要。

我以為她會改變心意，否則至少也會告訴我何時離開，不料她都沒有。她留了一封信給我，解釋正式道別太過痛苦也太像永別。她希望我知道她每分每秒都會想著我，等鬱金香花開前她就會回來。

不過，她當然沒有在鬱金香花開前回來。

她離開後，爸爸悲痛欲絕，這我知道，但他仍一如既往的做每一件事，吹口哨、哼哼歌、替人買小禮物。他繼續為媽媽買禮物帶回家，堆在他們的臥室裡。

在發現她不會再回來的那一天，他立刻飛奔到愛達荷的劉易斯頓，回家後便開始敲打藏在灰泥牆後面的壁爐，連續敲了三天三夜。磚塊間有些地方的水泥砂漿需要重新填充，他便在新的水泥寫上她的名字。他寫的是「蟬哈森」，不是「蜜糖」。

三星期後，他決定出售農場。這時候他已經開始收到施谷太太的來信，而且我知道他會回信。接著他開車去見施谷太太，我則去和爺爺奶奶住。當他回來後，就說我們要搬到尤克里德，施谷太太幫他找到一份工作。

我根本不想知道他是怎麼認識施谷太太，或者他們已經認識多久。對於她的存在，我完全視若無睹。何況，當時我只顧著大耍任性亂發脾氣。我不肯搬家，不肯離開我們的農場、我們的楓樹、我們的戲水潭、我們的豬、我們的雞、我們的乾草棚。我不願離開屬於我的地方，不願離開我深信媽媽可能回來的地方。

一開始爸爸也不跟我爭辯，由著我像野豬一樣胡鬧。直到最後，他才取走「出售」的告示牌改換成「出租」的牌子。他要把農場租出去，雇人來照顧牲畜和穀物，然後在尤克里德租房子住。農場仍然屬於我們所有，將來還可以回來。「但現在，」他說：「我們非走不可，因為妳媽媽從早到晚無所不在，她在田野間、在空氣中、在穀倉裡、在牆壁上、在枝頭。」他說我們得靠搬家學會勇敢，學著無所畏懼，聽起來有種熟悉感，糟糕的那種。

到頭來，我真的是體力耗盡，便不再使性子。我沒有幫忙打包，但時間一到，我還是爬上車，和爸爸一起搬到尤克里德。我不覺得自己勇敢，也不覺得自己無所畏懼。

跟爺爺奶奶說菲鳳的故事時，這一切我都略去未提。反正他們本來就知道了。他們知道爸爸是善良的好人，知道我不想離開農場，知道爸爸覺得我們非走不可。他們也知道爸爸曾經許多次試圖向我解釋瑪格麗特的事，但我不肯聽。

和爸爸拋下農場駛往尤克里德那漫長的一天裡，我好希望爸爸不是那麼好的人，那麼媽媽的離家出走就有人可以怪罪。我不想怪她。她是我的母親，是我的一部分。

19 ✦ 緣木求魚

奶奶說：「灰鳳的故事說到哪了？發生了什麼事？」

「怎麼回事，傻瓜蛋？」爺爺說：「妳的腦子被蛇咬掉啦？」

「沒有，」她說：「蛇沒有咬掉我的腦子。我只是想重溫一下記憶。」

「我想想，」爺爺說：「灰鳳是不是要妳跟爸爸說，施谷太太和波克威老師把她丈夫剁成肉醬？」

對，菲鳳就是這麼想，而我也想這麼做。某個星期天，爸爸正在看相簿，我問他對施谷太太了解多少。他很快的抬起頭。「妳準備好要談瑪格麗特的事了？」他問。

「這個嘛……有些事我想說說……」

「我一直想解釋……」他說。

我連忙接著說下去。我不想聽他解釋，我想要警告他。「我和菲鳳看見她在後院，對著灌木叢又劈又砍。」

「那有什麼問題嗎？」他問道。

我試著改變策略。「她的聲音好像枯葉到處亂飛，頭髮好像女鬼。」

「喔。」他說。

「而且有一個男人來找她……」

「小莎，妳聽起來好像在偷窺。」

「我覺得我們以後不應該再去她家了。」

爸爸摘下眼鏡，在襯衫上擦了將近五分鐘，然後說道：「小莎，妳這只是緣木求魚。妳媽媽不會回來了。」

看起來我只是嫉妒施谷太太。在爸爸的鎮定眼神中，菲鳳所說關於施谷太太的一切都顯得愚蠢。

「關於她的事，我想解釋一下。」爸爸說。

「唉，算了，就當我沒提起她。我不需要任何解釋。」

稍後做作業時，我不知不覺在英語課本內頁的空白處塗鴉。我畫了一個頭髮蓬亂、眼神邪惡的女人，脖子上纏著繩子。我又畫一棵樹，掛上繩子，吊死她。

次日到了學校，我細細端詳在教室裡四下雀躍蹦跳的波克威老師。他若是殺人凶手，必定是活力充沛的那一種。我想像中的殺人犯總是陰鬱乖戾。我希望波克威老師愛上了瑪格麗特．施谷，將來會娶她、帶她走，那麼我和爸爸就能回白班克斯了。

最令我詫異的一點是，波克威老師愈來愈常讓我想起媽媽——至少是在被憂傷占據以前的媽媽。波克威老師和媽媽兩人都有一種蓬勃生氣，對於話語和故事也都有一種興奮之情、一種熱情。

那一天，當波克威老師說到希臘神話，我開始神遊想起媽媽，她愛書幾乎就像愛她所有的戶外寶藏。她喜歡在口袋裡放袖珍書，有時候我們到田野裡去，她會一屁股坐到草地上，開始大聲朗讀。

媽媽尤其喜歡印地安故事。她知道雷神、土地創造者、聰明的烏鴉、狡猾的郊狼和影靈。她最喜愛的故事是關於人死後，變成鳥、河或馬回來。她甚至知道一個關於老戰士變成馬鈴薯回家的故事。

我才一回神，便聽到波克威老師說：「對吧，菲鳳？妳還醒著吧？妳要第二次報告。」

「報告？」菲鳳說。

波克威老師揪住心口。「這個禮拜五，班恩要做關於普羅米修斯的口頭報告。下星期一換妳做關於潘朵拉的報告。」

「我運氣真好。」菲鳳喃喃自語。

波克威老師要我下課後留下來。菲鳳挑動眉毛向我傳達警告。其他同學一一走出教室時，菲鳳說：「妳要的話，我可以留下來陪妳。」

「為什麼？」

「因為他把施谷先生剁成肉醬啊，這還用說。我覺得妳不應該和他獨處。」

他沒有把我剁碎，反而給我出了一項特別的作業：心靈日記。「我不知道這是什麼。」我說。菲鳳靠在我肩上吐氣。波克威老師說我應該寫一點讓我感興趣的東西。「比方說什麼？」我問道。

「譬如，某個地方、某個房間、某個人……妳不必掛慮太多，想到什麼寫什麼就行了。」

我和菲鳳跟著瑪莉・露和班恩一起走路回家。我腦子裡一團亂，因為一直要留意著班恩碰到我的時候不要退縮。和班恩、瑪莉・露分手後轉進菲鳳家的街道時，我有點心不在焉，雖然隱約意識到人行道上有個人朝我們走來，卻一直到和那人相距一公尺左右，才真正察覺。

是菲鳳說的那個瘋子，走上前來的同時，兩眼直勾勾盯著我們。他走到我們面前停下腳步，擋住我們的去路。

「妳是菲鳳．溫彼古，對不對？」他對菲鳳說。

她的聲音細細短短尖尖的，聽起來只是小小聲的一個「呃……」

「怎麼了？」他問道，同時將一隻手伸進口袋。

菲鳳推了他一把，隨即拉起我的手臂拔腿就跑。「我的天哪！我的天哪！」她高聲大喊。

幸好已經快到菲鳳家，所以就算他在光天化日下拿刀刺我們，也可能會有鄰居發現，並在我們失血過多死亡前將我們送醫。我漸漸相信他是瘋子了。

菲鳳用力轉動門把，不料門鎖著。菲鳳拚命敲門，這時她母親忽然將門拉開，臉色顯得十分蒼白而震驚。

「門鎖著！」菲鳳說：「門為什麼鎖著？」

「噢，親愛的，」溫彼古太太說：「只是因為……我以為……」她瞅著四周圍，並往街道兩側張望。「妳有沒有看到誰……妳有沒有被誰嚇到……」

「是那個瘋子，」菲鳳說：「我們剛才看見他了。」她幾乎上氣不接下氣。

「也許我們應該報警……或是告訴爸爸。」

我仔細凝視菲鳳的母親許久許久，她似乎無法打電話給警察或溫彼古先生。我覺得她比我們還要害怕，她將屋裡所有的門都上了鎖。

那天傍晚沒有再發生什麼事，等到我回家時，那個瘋子好像也沒那麼可怕了。沒有人報警，而據我所知，溫彼古太太也還沒告訴溫彼古先生，但就在我離開前，菲鳳對我說：「要是再讓我看到那個瘋子一次，我就自己報警。」

20✦黑莓之吻

那天晚上，我試著寫波克威老師出的迷你日記作業。首先，我一一列出自己喜歡的東西，全都是白班克斯的事物：樹木、牛、雞、豬、田野、戲水潭。清單林林總總雜亂無章，每當試著寫其中任何一項，最終總會寫到媽媽，因為每件事物都與她有關。到最後，我寫了黑莓之吻。

有天早上我起得很早，看見媽媽走上山坡到穀倉去。晨霧懸浮在地面，雀鳥在屋邊的橡樹上啼鳴，而我的母親，挺著孕肚漫步上山，一面擺動著雙臂唱歌：

別愛上水手男孩呀，
水手男孩，水手男孩……
別愛上水手男孩呀，
因為他會帶著妳的心出海……

當她接近穀倉轉角，糖楓樹所在處，隨手從雜生的灌木叢摘下幾顆黑莓丟進嘴裡。她四下環顧——回看屋宅、眺望田野、仰視頭頂上茂密的枝葉——接著朝楓樹幹快速走了幾步，張臂環抱，並給樹深深的一吻。

那天稍後，我去檢視樹幹，也試著想用雙臂圍抱，不料樹幹比我從窗戶看起來粗大許多。我抬頭看著想必是她嘴脣碰觸到樹幹的部位。八成是我的想像吧，但我似乎隱約看出一處深暗的痕跡，宛如黑莓之吻。

我側耳貼著樹幹傾聽，然後直直面對樹幹，用力親吻。直到今日，我仍然可以聞到樹皮的氣味（一個香甜的木頭味），可以感覺到樹皮的稜紋，嘴脣上也還嘗得到那獨特的味道。

我在迷你日記中坦承，自那時起我吻遍各式各樣的樹木，而每個樹種（橡樹、楓樹、榆樹、樺樹）都有一種專屬的特別風味。除了每棵樹自己的味道之外，還混雜著淡淡的黑莓味，為什麼會這樣？我也說不出所以然。

第二天，我將這個故事交給波克威老師。他沒有翻閱，甚至看都沒看就說：「好極了！優秀！」一面將日記塞進公事包。「我會跟其他日記放在一起。」

菲鳳說：「妳有沒有寫我？」

班恩說：「妳有沒有寫我？」

波克威老師在教室裡蹦來蹦去，好像有機會能教我們就是他心目中的天堂。他讀了一首康明斯寫的詩，名叫〈*the little horse is newlY*〉（小馬新近），詩名中唯一大寫的字母是最後一個「Y」，原因是康明斯先生喜歡這種手法。

「他八成沒上過英語課。」菲鳳說。

在我看來，那個「Y」很像那隻新生的小馬撐起細瘦的腿站立著。這首詩描寫的是一隻初生的馬，什麼都不知道卻什麼都感覺得到。牠生活在一個「摺疊得滑順美好的」世界。這我喜歡，雖然不確定那是什麼意思，但我喜歡。一切聽起來溫柔又安全。

那天，菲鳳要去看牙醫，早早就離開學校。我正要自己走路回家，班恩卻來和我走到一塊。回家途中發生的事和後來發生的事，都讓我毫無心理準備。原本我和班恩只是並肩走著，他忽然說：「有沒有人替妳看過手相？」

「沒有。」

「我會看喔。」他說：「要不要我替妳看看？」他拉起我的手看了老半天。他的手又細又暖，我的手則拚命冒汗。他一面發出「唔、唔」聲，一面用食指勾劃我的掌紋。我心裡直打哆嗦，卻不是全然不快。太陽從頭上直射而下，如果能永遠像這樣待著，讓他用食指劃我的手掌，應該也不錯。我想到那隻什麼都不知道卻什麼都感覺得到的新生小馬，想到那個摺疊得滑順美好的世界。最後班恩終於說：「妳想先聽好消息，還是壞消息？」

「壞消息。不會真的很糟吧？」

他咳了一聲。「壞消息是我其實不會看手相。」（我立刻把手抽走。）「妳不想知道好消息嗎？」他問道。（我已重新起步。）「好消息是妳讓我拉了將近五分鐘的手，一次都沒有退縮。」

我不知道該如何理解這個人。儘管我不肯跟他說話，他還是一路陪我走回家，並在門廊上等到我準備好要去找菲鳳，又陪著我走到菲鳳家。

我到菲鳳家門口敲門時，班恩說：「我現在要走了。」我很快瞥他一眼便立即回頭面向大門，但就在轉頭那一剎那，他剛好湊上前來，我敢說他的嘴脣碰到了我的耳朵。我不確定他是否故意，老實說，我並不確定這件事真的有發生，因為我還沒來得及回神，他已經跳下階梯走了。

這時門慢慢、慢慢打開，露出菲鳳的圓臉，說有多蒼白驚惶就有多蒼白驚惶。「快點，」她說：「進來。」她領我進廚房。餐桌上有一塊蘋果派，旁邊躺著三個信封：一個給菲鳳，一個給曉心，還有一個給她們的父親。

「我打開給我的字條了。」菲鳳說著將信紙拿給我看，上面寫著：所有的門都要鎖好，需要什麼就打給爸爸。我愛妳，菲鳳。署名媽媽。

我不覺得這有什麼。「菲鳳……」我說。

「我知道，我知道，聽起來沒什麼可怕的。其實我第一個想到的是『好呀，她知道我已經夠大了，可以自己在家』。我猜她可能出去買菜，甚至說不定是決定回去上班了，雖然本來預定下禮拜才會回洛基橡膠。可是後來曉心回來也打開她的紙條。」

菲鳳將留給曉心的紙條拿給我看，上面寫著：請加熱義大利麵醬汁並煮一點義大利麵。我愛妳，曉心。署名媽媽。

我還是不覺得這有什麼，但菲鳳心生懷疑。曉心煮義大利麵時，我幫忙菲鳳擺餐具，我們倆甚至做了沙拉。「我真的覺得自己有點獨立了。」菲鳳說。

菲鳳的爸爸回家後，菲鳳將留給他的紙條拿給他。他打開信箋坐下來，盯著紙頭。菲鳳越過他的肩膀，大聲念出紙條內容：我非走不可。我沒法解釋。過幾天我會打電話給你。

我有種不停、不停往下沉的感覺。

曉心開始提出千百萬個問題。「她是什麼意思？要走去哪裡？為什麼沒法解釋？她為什麼沒告訴你？她提過這件事嗎？過幾天？她到哪去了？」

「也許我們應該報警。」菲鳳說：「她有可能被綁架還是怎麼了。」

「菲鳳啊。」溫彼古先生喊了一聲。

「我是說真的。」她說：「說不定有個瘋子跑進家裡，把她拖走……」

「菲鳳，這不好笑。」

「我不是在說笑。我是認真的。這不是不可能。」

曉心還在問個不停。「她到哪去了？為什麼她之前沒提過？她沒告訴你嗎？她去哪裡了？」

「曉心，我真的不知道。」她爸爸說。

「我們應該報警。」菲鳳又說一遍。

「菲鳳，如果她被綁架，那個——像妳說的——瘋子會讓她坐下來寫這些紙條嗎？嗄？」

他站起身，脫下外套，說道：「來吃飯吧。」

我離開時，菲鳳說：「我媽媽失蹤了。小莎，妳別跟其他人說，一個人都別說。」

回到家時，爸爸埋頭於相簿。以前，他一看到我走進來就會很快闔起相簿，彷彿因為被逮個正著而難為情。然而，最近他懶得將相簿闔上，就好像連這點力氣都沒有。

在打開的那一頁，有張爸媽坐在楓樹下草地上的合照。爸爸兩手摟著媽媽，媽媽則有點縮在他懷裡，兩人臉頰緊緊相貼，頭髮混合交融，看起來猶如連體嬰。

「菲鳳的媽媽離家出走了。」我說。

他抬頭看我。

「她留了幾張字條。她說她會回來，但我不相信。」

我上樓試著寫神話報告，爸爸來到房門口說：「通常人都會回來的。」

其實我看得出來他只是廣泛而論，只是想安慰我，但話說回來，那天晚上我從他話語中聽到一絲絲慰藉，彷彿在保證我所想與所希望的事能成真。我一直在祈禱奇蹟發生，媽媽會回來，我們會重回白班克斯，一切都會像以前一樣。

21 ✦ 靈魂

第二天在學校，菲鳳臉上露出一成不變的表情：抿著嘴淺淺的微笑。維持同樣的笑容想必十分辛苦，即將上英文課時，她的下巴已經因為用力過度而微微顫抖。她一整天都安靜得不得了，除了我，沒有跟任何人說話，而且也只跟我說一句「明天晚上到我家過夜」。這不是提問，而是命令。

波克威老師讓我們做一個十五秒鐘的練習。我們必須不假思索，快速畫出一樣東西。等每個同學都準備好，他就會告訴我們要畫什麼。「記住了，」他說：「不要想，畫就對了。十五秒鐘。準備好了嗎？畫你們的靈魂。開始。」

全班人無不呆呆回瞪著他，浪費了五秒鐘。當我們發現他很認真看著時鐘，才開始在紙上動筆。我沒有多想，因為沒有時間想。

當波克威老師喊「停！」，每個人都抬起頭，一臉茫然。接著我們低頭看自己的畫紙，教室裡頓時嘈雜聲四起，大家都不敢相信自己畫出來的東西。

波克威老師前前後後來來去去，順手便將畫紙撈起收走。他將畫紙重新排列後，一一釘上布告欄，說道：「現在我們捕捉到每個人的靈魂了。」全班的人都擠上前去圍觀。

我第一個注意到的是每個人，無一例外，都是以一個形狀為主體——例如一顆心、一個圓圈、一個方形或三角形。我覺得這很不尋常。我是說，竟然沒有人畫巴士、太空船或牛，而是所有人都畫這些相同的形狀。其次，我注意到這每一個形體內都有一個獨特圖案。乍看之下好像各不相同，其中有十字、有黑黑的塗鴉、有眼睛、有嘴巴、有窗戶。

其中一個形體內畫的是淚珠，我想那一定是菲鳳。

這時瑪莉．露說道：「你們看……有兩幅一模一樣。」大夥兒紛紛驚呼：「天哪！」「哇——」「是誰啊？」

重複的圖案畫的是：一個圓圈，正中央有一大片楓葉，葉尖與圓圈的邊線相連。其中一幅楓葉圓圈是我畫的，另一幅是班恩畫的。

22 ✦ 證據

　　隔天晚上我在菲鳳家過夜，但幾乎難以闔眼。菲鳳不停的說：「有聽到那聲音嗎？」說完就跳下床偷看窗外，以防那個瘋子回來找我們剩下的人。有一回她看見施谷太太拿著手電筒出現在自家花園。

　　後來我想必是睡著了，因為菲鳳在睡夢中的哭聲吵醒了我。我搖醒她，她卻不承認。「我沒哭，我絕對百分之百沒哭。」

　　天亮後，菲鳳不肯起床。她父親匆匆跑進房間，脖子上掛著兩條領帶，手裡拎著鞋子。「菲鳳，妳要遲到了。」

　　「我生病了，」她說：「我發燒又肚子痛。」

　　她父親摸摸她的額頭，直直注視她的雙眼說：「妳恐怕還是得上學。」

　　「我生病了，真的。」她說：「說不定是癌症。」

　　「菲鳳，我知道妳很擔心，但我們除了等也別無他法，日子還是得照過。我們不能詐病。」

「不能什麼？」菲鳳問。

「詐病。拿去，查查看是什麼意思。」他從書桌上拿起字典丟給她，便衝出走廊急奔而去。

「我媽媽失蹤，我爸爸竟給我一本字典。」菲鳳說。她查到「詐病」一詞，大聲念出定義來：「為了逃避責任或工作而佯裝生病。」她用力闔上字典。「我才沒有詐病。」

曉心急得快瘋了。「我的白上衣呢？菲鳳，妳有沒有看到……？我明明就……！」她把衣服一件一件拖出衣櫥丟到床上。

菲鳳從衣櫥拖出一套皺巴巴的衣裙，心不甘情不願開始換衣服。下樓後，廚房餐桌空無一物。「沒有沖好的麥片，」菲鳳說：「沒有倒好的柳橙汁，也沒有全麥吐司。」她摸了摸一件披在椅背上的白色開襟毛衣，說道：「這是媽媽最喜歡的白色羊毛衫。」她一把抓起毛衣往父親面前揮舞。「你看這個！她會丟下這個不要嗎？她會嗎？」

他伸手觸摸毛衣的袖子，用手指搓揉衣料片刻。「菲鳳，這是件舊毛衣。」

菲鳳將毛衣套在自己發皺的上衣外面。

我感到忐忑不安，因為當天早上在菲鳳家發生的一切都讓我想起媽媽離家後的情景。連續幾個星期，我和爸爸每天都手忙腳亂，活像發癲的鴨子。每樣東西都不在原來的位置上。房子好像自己活起來，偷偷堆積的碗盤、髒衣服、報紙和灰塵。爸爸說「饒了我吧」大概說了三千遍。雞躁動不安，牛動不動就受驚嚇，豬也悶悶不樂，還有我們的狗「憂鬱藍調」也會一連幾個小時哼個不停。

爸爸說媽媽不會回來了，我不肯相信。我把她寄的明信片全部從樓上房間搬下來，說道：「這些都是她寫給我的，她一定會回來。」而且我也和在父親面前揮舞母親毛衣的菲鳳一樣，從雞舍抱來一隻雞，問道：「媽會丟下她最心愛的雞嗎？她愛這隻雞啊。」

我真正想說的其實是：「她怎麼可能不回到我身邊？她愛我啊。」

到了學校，菲鳳砰一聲把書摔到課桌上。貝絲．安說：「喂，菲鳳，妳的衣服有點皺耶……」

「我媽媽不在。」菲鳳說。

「我現在都自己燙衣服了。」貝絲．安說：「我甚至還會燙……」

菲鳳小聲對我說：「我真的快要心臟病發作了。」

我忽然想到我們的狗憂鬱藍調曾經抓到一隻小兔子，叼著到處跑，牠也不是真的攻擊兔子，只是在玩。我好不容易哄到憂鬱藍調鬆了口，當我抱起兔子，發現牠的心臟跳得奇快無比，而且愈跳愈快，最後突然間就停了。

我把兔子抱去給媽媽，她說：「牠死了，莎羅曼卡。」

「不可能，」我說：「一分鐘前牠還活著呢。」

我不禁納悶，萬一菲鳳也和兔子一樣忽然心臟衰竭，直接倒地死在學校，那會怎樣？她母親甚至不會知道菲鳳死了。

第一節班會結束後，瑪莉．露對菲鳳說：「我好像聽到妳說媽媽不在……？」

克莉絲蒂和梅根跟著靠攏過來。「妳媽媽去出差嗎？」克莉絲蒂說：「我媽媽一天到晚去巴黎出差。那妳媽媽去哪？出差嗎？」

菲鳳點點頭。

「她去哪裡？」梅根說：「東京？沙烏地阿拉伯？」

菲鳳說：「倫敦。」

「喔，倫敦啊。」克莉絲蒂說：「我媽媽也去過。」

菲鳳轉向我，臉上帶著困惑的表情。我想她是為自己說的話感到驚訝，但我完全明白她為什麼說謊。有時候這樣比較簡單。別人問起媽媽的時候，我自己也做過同樣的事。「別擔心，菲鳳。」我說。

她厲聲回道：「我才沒有擔心。」

我也這麼做過。每當有人試圖為了媽媽的事安慰我，我都差點把他們的頭剁下來。我徹徹底底是一頭又拗又倔的老驢。有時爸爸會說：「妳一定很難過。」我會否認，我會告訴他：「我沒有，我一點感覺也沒有。」可是我確實很難過，早上不想起床，晚上又不敢睡覺。

到了午餐時間，大夥兒從四面八方湧向菲鳳。「妳媽媽會在倫敦待多久？」瑪莉．露問道：「她會去跟女王喝下午茶嗎？」

「叫她要去扣芬園。」克莉絲蒂說：「我媽媽愛死扣芬園了。」

「是柯芬園，笨蛋。」瑪莉．露說。

「才不是，」克莉絲蒂說：「我確定是扣芬園。」

放學後，我們和班恩及瑪莉．露一起走路回家。菲鳳一聲不吭。「怎麼了，飛飛蜂？」班恩問道：「說話啊。」

我冷不防的冒出一句：「每個人都有自己的時程。」班恩被路緣絆了一下，瑪莉．露則對我投以古怪的眼神。我不斷暗自祈禱菲鳳的母親已經回家，儘管門還鎖著，我依然抱著希望。「妳真的要我進去嗎？」我問道：「也許妳想一個人靜一靜。」

菲鳳說：「我才不想一個人。打電話問妳爸爸，看妳能不能再留下來吃晚飯。」

進屋後，菲鳳喊道：「媽？」她走遍整棟屋子，逐個房間尋找。「就這樣吧，」菲鳳說：「我要來找線索，找證據，證明就是那個瘋子來這裡擄走媽媽。」我想告訴她這麼做只是緣木求魚，她媽媽很可能不是被綁架，但我知道菲鳳不想聽這些話。

見媽媽沒有回來，我曾想像過各種可能性。也許她得了癌症，不想告訴我們，而躲在愛達荷州。也許她碰傷了頭，失去記憶，在劉易斯頓四處遊蕩，根本不知道自己是誰，又或者以為自己是另一個人。爸爸說：「她沒有得癌症，小莎。她也沒有失去記憶，妳這樣只是爬到樹上去找魚。」但我不相信，也許他是想保護她——或是我。

菲鳳在屋裡晃來晃去，仔細檢視牆壁與地毯，搜尋血跡。她找到幾個可疑之處與幾絡不明髮絲。菲鳳用膠帶在這些地方做記號，並將髮絲蒐集在信封內。

曉心回家時興奮得不得了。「我做到了！」她說：「我做到了！」她又蹦又跳的。「我入選啦啦隊了！」聽到菲鳳提醒說媽媽被綁架，曉心回答：「拜託，菲鳳，媽沒有被綁架。」她不再蹦跳，轉而環顧廚房。「那我們今天晚上要吃什麼？」

菲鳳在櫥櫃裡東翻西找。曉心打開冷凍庫後說：「妳看。」我一時驚愕，以為她發現屍塊了。也許，只是也許，菲鳳說對了。也許真有個瘋子幹掉了她媽媽。我不敢看。我聽見曉心翻動冷凍櫃裡的東西。至少她沒有尖叫。

在冷凍櫃裡的不是屍塊，而是堆疊得整整齊齊的塑膠容器，每一個都貼著一張紙條。「花扁燉，350，一小時。」曉心大聲念道：「起司通，325，四十五分鐘」等等、等等。

「花扁燉是什麼？」我問道。

菲鳳掀開蓋子，裡面是一團綠綠黃黃結凍發硬的東西。「花椰菜小扁豆燉菜。」她說。

她們的父親回到家時，看見桌上擺了晚餐十分訝異。曉心讓他看冷凍櫃的東西，他「嗯」了一聲。上桌後，我們全都安安靜靜吃著。

「你應該沒有什麼消息吧……我是說關於媽媽。」曉心問爸爸。

「還沒有。」他說。

「我覺得我們應該報警。」菲鳳說。

「菲鳳。」

「我是說真的，我找到一些可疑的地方。」菲鳳指向餐廳桌子底下，兩個貼了膠帶的地方。

「那裡怎麼會有膠帶？」他問道。

菲鳳解釋說那裡可能有血跡。

「血跡？」曉心隨即停止用餐。

菲鳳取出信封，將髮絲倒在桌上。「奇怪的毛髮。」她解釋道。

曉心發出「嗯」的一聲。

溫彼古先生拿著叉子敲敲餐刀，然後站起來，拉起菲鳳的手臂說：「跟我來。」他走到冰箱前，打開冷凍庫，指著塑膠盒。「如果媽媽是被瘋子擄走的，她會有時間準備這些餐點嗎？她可能跟對方說：『抱歉，瘋子先生，我被綁架的時候可以替我的家人準備十幾二十餐飯嗎？』」

「你就是不在乎，」菲鳳說：「沒有人在乎。每個人都只顧著自己的白癡時程。」

晚餐過後不久我便離開了。溫彼古先生在書房打電話給妻子的朋友，問問他們知不知道她可能上哪去。

「至少，」菲鳳對我說：「他有點行動了，但我還是覺得應該報警。」

我離開菲鳳家時，隔壁的瑪格麗特．施谷用那枯葉般的粗嗄嗓音喊我。「小莎？妳要不要進來？妳爸爸在這裡……我們正在吃點心。跟我們一起吃吧。」

這時爸爸出現在她身後。「來吧，小莎。」他說：「別傻裡傻氣的。」

「我沒有傻裡傻氣。」我說：「我已經吃過點心，現在要回家準備英文課的報告。」

爸爸轉向瑪格麗特。「我還是跟她一起走好了。對不起……」

瑪格麗特不發一語，只是站在原地看著爸爸拿起外套走到我身邊。我知道這樣很卑鄙，卻又覺得像是打了場小小勝仗，贏了瑪格麗特．施谷。

回家的路上，爸爸問菲鳳的母親回來了沒，我說：「沒有。菲鳳覺得她是被瘋子帶走的。」

「瘋子？這會不會有點離譜？」

「我起先也這麼想，可是誰知道呢？對不對？我是說也有這個可能，可能真的有個瘋子……」

「小莎。」

我本來想說說那個神經質的年輕人和那些神祕紙條，但爸爸又會罵我傻裡傻氣。於是我改口說：「你怎麼知道不是有人——不一定是瘋子，但就是有人——逼媽媽去愛達荷？說不定是勒索……」

「小莎，妳媽媽是因為自己想去才去的。」

「我們應該要阻止她才對。」

「人不是鳥，妳不能把人關在籠子裡。」

「她不該走的。她要是沒走……」

「小莎，我相信她打算要回來。」已經到家了，但我們沒有進門，而是坐在門廊台階上。爸說：「妳沒法預料……人不可能未卜先知……事情會怎樣誰也不知道……」

他別開頭，我立刻感染到他的哀傷。我為了自己的執拗、惹他不快而道歉。他一手摟住我，我們就這麼一起坐在門廊上，兩個可憐兮兮又徹底迷失的人。

23 ✦ 惡地國家公園

爺爺說：「妳的蛇腿怎麼樣了，傻瓜蛋？」他替奶奶擔心，但比起她的腿，他更擔心她粗糙不順的呼吸。「到了惡地會停一下，好嗎？」奶奶只是點點頭。

愈接近惡地，空中的呢喃聲愈顯邪惡：慢一點、慢、慢、慢。「也許我們不應該去惡地。」我提議道。

「什麼？不去？我們當然應該要去。」爺爺說：「就快到了呀，那可是國家級的珍寶。」

媽媽想必也是走這條路。當她看見那塊路標，或是那一塊，又或是當她來到這個路段，她心裡在想什麼呢？

媽媽沒有開車。她怕死車子了。「我不喜歡速度那麼快。」她說：「我喜歡自己控制要上哪去、速度要多快。」當她說要一路搭巴士前往愛達荷州的劉易斯頓，我和爸爸都很驚訝。

我無法想像她為何選擇愛達荷，原以為她可能是打開地圖，隨手一指，但後來才知道她有個表親住在愛達荷的劉易斯頓。「我已經十五年沒見到她了，」媽媽說：「這樣也好，因為她可以告訴我，我到底是什麼樣的人。」

「我就能告訴妳了呀，蜜糖。」爸爸說。

「不，我是說在當妻子和母親之前的我。我是說在表面底下，身為蟬哈森的我。」

在平坦的南達科塔平原上開了好久好久以後，來到惡地一看簡直駭人，就好像有人把南達科塔其他地方全部燙平，同時把所有的山丘、河谷和岩石全數擠壓到這個地方來。就在那片平原的正中央，有參差錯落的山峰與陡峭險峻的峽谷。上方是高高的藍天，下方是粉、紫、黑等各色岩石。站在峽谷邊上，可以看見底下很深、很深的地方有一道道奇險無比的溝壑，兩旁盡是一層層凹凸不平的尖銳岩石。感覺好像到處都會看見人類骨骸懸掛其上。

奶奶想說「好耶、好耶」，但因為呼吸不順暢，只能用沙啞的聲音說出「ㄏ……ㄏ……」。爺爺在地上鋪了條毯子，讓她坐下來欣賞風景。

媽媽從惡地寄了兩張明信片。其中一張寫道：「莎羅曼卡是我的左臂。我想念我的左臂。」

我跟爺爺奶奶說了一個媽媽說過的故事，是關於高高的天空——這裡的天空看起來比我到過的任何地方都還要高。很久以前，天空很低，人一不小心就會撞到頭，有時候還會直接鑽進天空消失不見。人們有點受夠了，便製造許多長竿子，有一天所有人同時舉起竿子用力頂，盡可能將天空往上推。

「瞧瞧這裡，」爺爺說：「他們可推得真好，天空定住不動了。」

我在說這個故事的時候，有個孕婦站在旁邊，用面紙輕輕擦臉。「那個女人看起來累壞了。」爺爺說。他問她要不要坐到我們的毯子上休息。

「我去看看其他地方。」我說。孕婦讓我感到害怕。

媽媽剛告訴我她懷孕的消息時，還加上一句：「總算！我們真的要生滿一屋子的小孩了。」一開始我並不喜歡這個主意。只有我一個小孩有什麼不好？媽媽、爸爸和我自成一個小團體。

隨著寶寶在她腹中一天天長大，媽媽會讓我聽寶寶的心跳、感覺踢她的肚皮，我也開始期待見到這個寶寶。希望是個女孩，那我便有個妹妹了。爸爸、媽媽和我，我們一起布置嬰兒房，把房間漆成閃閃發亮的白色，掛上黃色窗簾。爸爸搬來一個舊的矮櫃，重新上漆。有人送我們小不隆咚的嬰兒衣物，我們清洗後，將上衣、連身衣和睡衣一件一件摺好。我們買了新的布尿布，因為媽媽喜歡看到尿布掛在外面的晾衣繩上。

我們唯一沒能做到的是取名。好像取什麼名字都不太對，沒有一個名字配得上寶寶。關於這件事，爸爸比媽媽更煩心。「總會想到的，」媽媽說：「總有一天完美的名字會憑空出現。」

預產期前三星期，我去了最遠的田野再過去的樹林，爸爸進城買東西，媽媽在擦地板。她說擦地板會讓她的背舒服些。爸爸不喜歡她做這個活兒，但她很堅持。媽媽不是個病懨懨的虛弱女子，做這種事對她來說很正常。

在樹林裡，我爬上一棵橡樹，一面唱著媽媽的歌：別愛上水手男孩呀，水手男孩，水手男孩……我愈爬愈高。別愛上水手男孩呀……

忽然間腳下的樹枝斷了，我連忙伸手去抓另一根，不料那是根枯枝，被我一抓也斷了。我不停往下墜、往下墜，好像慢動作一樣，我看見樹葉，知道自己在墜落。

清醒時，我人趴在地上，臉緊緊壓著泥土，右腿歪歪扭扭壓在身子底下，我試著要動，整條腿卻彷彿有萬針齊射般的刺痛。我又試著匍匐往前爬，那些針卻射進我的大腦，眼前頓時一片黑，腦中響起巨大的嗡嗚聲。

我八成又昏了過去，再次睜開眼睛時，樹林變得更暗，空氣也更涼。我聽見媽媽叫喚，她的聲音遙遠而微弱，感覺是來自穀倉附近。我回應了，聲音卻卡在胸口。

媽媽找到我了，背著我穿過森林、越過田野，走下長長的山坡回家。她打電話請爺爺奶奶來帶我們上醫院。只是打個石膏就花了老半天，回到家時，我們全都筋疲力竭。爸爸因為自己不在而自責，一直對我們倆噓寒問暖。

寶寶在那天晚上出生了。我聽見爸爸打電話給醫生。「她沒辦法去醫院，」他說：「孩子就要出來了，就是現在。」

我拄著新枴杖，一拐一拐走過走廊。媽媽的頭深深陷在枕頭裡，全身冒汗呻吟著。「好像不太對勁。」她對爸爸說。她看見我站在一旁，說道：「妳不應該看的。這不是我很拿手的事。」

我在她房間外的走廊上，慢慢蹲下來坐到地上。醫生來了。媽媽只尖叫了一聲，一聲又長又悽慘的哀號，然後便再無聲響。

當醫生抱著嬰兒走出房間，我要求要看。寶寶全身有種蒼白、泛藍的色澤，脖子上留有被臍帶纏繞的痕跡。「可能已經死了四個小時，」醫生告訴爸爸：「確切時間我也說不準。」

「是男生還是女生？」我問道。

醫生小聲的回答：「是女生。」

我要求摸摸她。她因為待在媽媽體內，仍保有些許溫度。她看起來好可愛又安詳，整個人縮成一團，我想抱她，但醫生說這樣不好。我心想我要是抱她，說不定她會活過來。

爸爸看似大受打擊，但他好像不再關心寶寶，而是不斷進房間碰碰媽媽。他對我說：「這不是妳的錯，小莎……不是因為她背妳的關係。妳不可以這麼想。」

我不相信他的話。我跛著腳走進媽媽的房間，爬上床蜷縮在她身旁。她愣愣盯著天花板。

「讓我抱抱。」她說。

「抱什麼？」

「寶寶。」她的聲音怪異又傻氣。

爸爸進房來，她向他要寶寶。他俯下身說：「但願……但願……」

「寶寶。」她說。

「她沒能活下來。」他說。

「我要抱寶寶。」她說。

「她沒能活下來。」他又重複一次。

「不可能會死，」她用同樣毫無起伏的口氣說：「一分鐘前還活著呢。」我睡在她身邊，直到聽見她喊爸爸。當爸爸打開燈，我看見床上全都是血，浸溼了床單和被毯，還滲入我的白石膏內。

後來來了一輛救護車，載走她和爸爸。爺爺奶奶來陪我住。奶奶將所有的床單洗乾淨後煮沸，並盡可能擦去我石膏上的血漬，但仍留下一個深粉紅色的痕跡。

隔天爸爸從醫院回來了一下。「無論如何我們還是應該替寶寶取個名字，」他說：「妳有什麼建議嗎？」

名字憑空出現在我腦中。「鬱金香。」我說。

爸爸微微一笑。「媽媽會喜歡的。我們就把寶寶葬在白楊樹林旁邊的小墓園——那裡每年春天都會開出鬱金香。」

接下來兩天，媽媽動了兩次手術。她血流個不停。事後媽媽說：「全都摘除了。」她再也無法生育。

我坐在惡地公園的一座峽谷邊上，回頭看著坐在毯墊上的爺爺奶奶和那個孕婦。我假裝是媽媽坐在那裡，假裝她還能生寶寶，假裝一切如常。然後我試著想像媽媽前往愛達荷州劉易斯頓途中，坐在這裡的情景。是不是所有人都下車和她一起走走看看，或者她也和我現在一樣獨坐呢？她是不是就坐在這個地點？有沒有看見那根粉紅色尖石柱？她是不是在想著我？

我拾起一顆扁平的石頭，平平的丟向峽谷另一頭，它撞到遠端石壁，急速往下墜落、墜落，沿著參差不齊的岩層蹦跳而下。媽媽曾經跟我說過黑足印地安人納皮的故事，就是那個創造出男人與女人的老者。為了決定該讓這些新人民永生或死去，納皮選了一顆石頭，說道：「如果石頭浮上來，你們就能永生。如果石頭沉下去，你們就要死。」納皮將石頭丟進水裡。石頭沉了。人會死去。

「納皮為什麼要用石頭？」我問道：「為什麼不用樹葉？」

媽媽聳聳肩。「妳要是在的話，就可以讓石頭浮起來。」她說。她指的是我打水漂的習慣。

我又拾起一塊石頭，平平的拋過峽谷，這一塊同樣又撞到對面石壁，不停往下、往下、往下墜落。那不是河，而是個洞。我能奢望些什麼？

24 ✦ 悲傷鳥

要離開惡地時，有輛車猛的斜切到我們前面，爺爺氣得大罵。通常爺爺若是像這樣咒罵，奶奶就會威脅說要回去找那個買蛋的。整件事的來龍去脈我不清楚，只知道有一次爺爺飆罵一大串髒話，奶奶就和一個經常向爺爺買蛋的男人跑了。奶奶和那個男人在一起三天三夜，直到爺爺來找她，並保證以後再也不會罵髒話。

我曾經問過奶奶，如果爺爺罵得太兇，她真的會回去找那個買蛋人嗎？她說：「妳可別告訴爺爺，其實偶爾幾句混蛋王八蛋，我並不在意。再說了，那個買蛋的打呼聲比打雷還響。」

「所以妳不會因為爺爺罵髒話就離開他囉？」

「莎羅曼卡，我根本不記得自己怎麼會那麼做。有時候妳的心知道妳愛著某人，但妳得離開一陣子之後，頭腦才能想清楚。」

當晚我們下榻在南達科塔州沃爾近郊的一間汽車旅館。旅館只剩一間空房，房裡也只有一張床，但爺爺累了，就說那好吧。那是一張特大的雙人水床。「么命啊，」爺爺說：「瞧瞧這個。」他用一手按壓，床便發出咕嚕咕嚕的聲音。「看來今天晚上我們三個得漂浮在這張筏上面了。」

奶奶一屁股坐到床上，吃吃發笑。「ㄏ……ㄏ……」她用沙啞的聲音說，同時翻身滾到床中央。「ㄏ……ㄏ……」我躺到她身邊，爺爺則試著坐到另一邊。「哇，」他說：「這玩意肯定是活的。」我們三人躺在床上，爺爺翻來覆去，使得床不停嘩嘩湧動。「么命啊，」他說。奶奶吃吃笑到淚水都流下臉頰了。

爺爺說：「唉，這不是我們的結婚新床……」

那天夜裡，我夢見和媽媽乘著木筏順流而下。我們躺在木筏上仰望天穹。天空不斷向我們靠近，忽然間「啪」的一聲，我們已經升入天空。媽媽東張西望說道：「我們不可能死呀，一分鐘前還活著呢。」

天亮後，我們出發前往黑山和拉希摩山，希望能在午餐前趕到。一上車爺爺就說：「結果灰鳳的母親後來怎麼樣了？灰鳳有再收到其他紙條嗎？」

「但願到最後一切都圓滿解決了，」奶奶說：「我有點擔心灰鳳。」

菲鳳向父親指出可疑汙漬並出示不明毛髮的那天，又出現一張紙條：

你無法阻止悲傷鳥從頭上飛過，卻能阻止牠們在髮間築巢。

菲鳳將紙條帶到學校給我看。「又是那個瘋子。」她說。

「如果他已經綁架妳媽媽，幹麼還要留紙條？」

「這是線索。」她說。

學校同學不停問菲鳳關於她媽媽去倫敦出差的事。她盡量不予理會，但不是每次都躲得過，有時候非回答不可。

當梅根問她媽媽去參觀了哪些景點，菲鳳說：「白金漢宮……」

「一定要的。」梅根會意的點頭說道。

「還有大笨鐘，還有……」菲鳳絞盡腦汁的想。「莎士比亞的故鄉。」

「可是那在埃文河畔的史特拉福耶，」梅根說：「妳媽媽不是去倫敦嗎？離史特拉福很遠。她是參加一日遊之類的嗎？」

「對，沒錯，她就是參加一日遊。」

菲鳳無計可施。她看起來就好像有一大群悲傷鳥在她髮間築巢。

上英文課時，班恩上台報告神話故事，十分緊張。他說著普羅米修斯從太陽神那兒偷火送給人類。眾神之王宙斯對人類，也對盜取他珍貴的太陽火種的普羅米修斯感到憤怒，為了給予懲罰，宙斯將潘朵拉（一個女人）送到人間。然後宙斯用鎖鏈將普羅米修斯綁在大石上，還派出禿鷹啄食他的肝臟。因為班恩太緊張，發音不標準，結果說成了「宙斯派禿鷹去啄食波羅蜜的肝臟」。

瑪莉．露請我和菲鳳當天晚上到她家吃飯。我打電話問爸爸，他好像不在意，我也知道他不會在意。他只說：「這樣滿好的呀，小莎。那我就去瑪格麗特家吃飯好了。」

25 ✦ 膽固醇

上費尼家作客是個難得的經驗。我們到的時候，瑪莉．露的兩個弟弟像發狂的動物似的跑來跑去，還跳到沙發上拋丟美式足球。瑪莉．露的姊姊美琪在講電話，同時一邊修眉毛。費尼先生在廚房煮東西，四歲的湯米在一旁幫忙。菲鳳悄聲說：「我對這一餐實在不抱太大希望。」

六點，當姍姍來遲的費尼太太進門後，湯米、道格及丹尼各拉扯著她的不同部位，三人同時開口說話。一個說「妳看這個」，一個喊著「媽、媽、媽」，一個說「我先！」她朝廚房走去，身後拖著三個孩子，活像一只魚鉤被糾結成團的舊輪胎和靴子絆住其他拉拉雜雜的垃圾。她草草在費尼先生的脣上親一下，他則往她嘴裡塞一片小黃瓜。

我和瑪莉．露負責擺餐具，只不過我覺得多半是白費力氣。每個人上桌時都像急驚風一樣，一下打翻杯子，一下把叉子掉到地上，一下拿起盤子（菲鳳向我指出盤子沒有成套）說：「那才是我的盤子。我要那個雛菊盤子。」「給我藍色那個！輪到我用藍色盤子了。」

我和菲鳳坐在瑪莉・露和班恩中間。餐桌中央擺了好大一盤炸雞。菲鳳說：「雞肉？炸的？我不能吃炸的食物，我的胃很敏感。」她瞄了一眼班恩盤中的三塊雞肉。「你真的不應該吃那個，班恩。油炸食物對你不好。第一，有膽固醇……」

菲鳳從班恩的盤子移走兩塊雞肉，放回大餐盤。費尼先生咳了兩聲。費尼太太說：「那妳就不吃雞肉了嗎，菲鳳？」

菲鳳微笑道：「是啊，費尼太太，我不可能吃。老實說，費尼先生也不應該吃。不知道你們曉不曉得，男人真的應該注意自己的膽固醇。」

費尼先生低頭瞪著自己盤中的雞肉，費尼太太則做出歪來歪去的古怪表情。這時候，豆子已遞到菲鳳面前。「費尼太太，這豆子裡有放奶油嗎？」

「有啊。放奶油怎麼了嗎？」

「膽固醇。」菲鳳說：「奶油裡面有膽固醇。」

「啊，膽固醇。」費尼太太隨即看著丈夫說：「小心點，親愛的，豆子裡有膽固醇喔。」

我瞪大眼睛看著菲鳳，心裡確信這屋裡想勒死她的不只有我一個。

班恩把自己盤子裡的豆子推到一邊，美琪又起一顆豆子細細審視。馬鈴薯遞過來時，菲鳳解釋說自己在減肥，不能吃澱粉類食物。我們所有人全都抑鬱的低頭看自己的盤子。菲鳳的盤子裡什麼都沒有。費尼太太說：「那妳都吃什麼，菲鳳？」

「我媽媽會煮特別的素食餐，低熱量而且沒有膽固醇。我們吃很多沙拉和蔬菜。我媽媽是很厲害的廚師。」

她絕口未提她媽媽做的那些派和布朗尼裡面的膽固醇。我好想跳起來說：「菲鳳的媽媽失蹤了，所以菲鳳才會像個如假包換的白癡。」但我沒有。

菲鳳又強調一次：「真的很厲害。」

「好極了，」費尼太太說：「那麼妳今晚打算吃什麼？」

「我想你們家應該沒有無添加物的蔬食吧？」

「無添加物？」費尼太太說。

「就是沒有受到破壞，沒有加奶油什麼的……」

「我知道那是什麼意思，菲鳳。」費尼太太說。

「我可以吃無添加物的蔬食，或者你們有現成的紅豆沙拉……或是高麗菜捲？或是花椰菜小扁豆燉菜？或是起司通心粉？或是素食義大利麵？」

桌旁的所有人一個個轉過頭看著菲鳳。費尼太太起身走進廚房。我們聽見她開開關關櫥櫃的聲音。接著她回到餐廳門口。「什錦果麥呢？」她問菲鳳。「妳能吃什錦果麥嗎？」

菲鳳說：「可以啊，我會吃什錦果麥，當早餐。」

費尼太太再次消失不見，回來時手上多了一碗乾果麥和一瓶牛奶。

「當晚餐吃？」菲鳳怔怔盯著碗，「我通常都是配優格吃，不是牛奶。」她說。

費尼太太轉向費尼先生。「親愛的，你這禮拜有買優格嗎？」

「真該死！我怎麼能忘了優格呢？」

菲鳳沒加牛奶，就乾吃果麥。整頓飯下來，我不斷想起白班克斯，以及我們去爺爺奶奶家吃飯的情景。那裡隨時都人山人海（有親戚和鄰居），混亂不已。但是一種氣氛友善的混亂，就像費尼家一樣。湯米打翻了兩杯牛奶，丹尼揍道格一拳，道格也回他一拳。美琪打瑪莉．露一下，瑪莉．露則拿一顆豆子彈她。也許這就是媽媽想要的吧，我暗忖。一屋子的小孩與混亂。

回家的路上，我說道：「吃完飯以後，大家都出奇的安靜，對不對？」

菲鳳說：「八成是吃太多膽固醇，壓得他們的胃沉甸甸的。」

我問菲鳳這個週末要不要到家裡來過夜。我也不知道自己為什麼這麼做，就是一時衝動。至今我都還沒邀請過任何人到家裡來。她說：「應該可以。我是說，如果我媽媽還……」她咳了一聲。「我們去問我爸。」

她爸爸正在廚房洗碗盤，白襯衫和領帶外面套著鑲褶邊的圍裙。「你應該要沖掉泡沫。」菲鳳說：「還有你用的是冷水嗎？應該要用很燙很燙的熱水才對，可以殺菌。」

他沒有看菲鳳。他大概是因為洗碗被發現而難為情。

「那個盤子應該洗得夠乾淨了。」菲鳳說。他拿著洗碗布擦了又擦、擦了又擦，這時才停下來，注視著盤子。我幾乎可以看見一群悲傷鳥在啄他的頭，但菲鳳只顧著驅趕自己的鳥。

「你打電話給媽所有的朋友了嗎？」菲鳳問。

「菲鳳，」他回道：「我到處問了。我覺得有點累，我們現在可不可以不要討論這個？」

「可是你不覺得我們應該報警嗎？」

「菲鳳……」

「小莎問說我週末可不可以去她家過夜。」

「當然可以。」他說。

「但萬一我在小莎家的時候，媽回來了呢？你會通知我吧？你會讓我知道吧？」

「當然。」

「或者萬一她打電話回來呢？也許我應該待在家裡。如果她打電話回來，我應該在家比較好。」

「要是她打電話回來，我就叫她打到小莎家找妳。」他說。

「但如果到明天還是沒消息，」菲鳳說：「我們鐵定應該報警。我們已經等太久了。萬一她被綁在什麼地方，等著我們去救她怎麼辦？」

那天晚上，我在家準備神話報告時，菲鳳來電。她小小聲說，她下樓跟父親說晚安，看見他坐在最喜愛的椅子上盯著電視，可是電視沒開。若非她夠了解父親，她會以為他在哭。「不過我爸從來不哭的。」她說。

26 ✦ 犧牲

這個週末漫長得難以置信。星期六早上，菲鳳帶著行李來了。我說：「拜託，菲鳳，妳打算在這裡住一個月嗎？」帶她上樓到我房間時，她問說我們倆是否要共用一個房間。「當然不是了，菲鳳，」我說：「我們專門為妳加蓋了一個全新的別間。」

「妳說話不必酸溜溜的。」她說。

「我只是開玩笑，菲鳳。」

「可是只有一張床。」

「觀察力過人啊，菲鳳。」

「妳可以睡樓下的沙發。通常我們都會盡量讓客人賓至如歸。」她環視房間一圈。「我們兩個睡這裡會有點擠，對吧？」

我沒有應聲，也沒有狠敲她的頭。我知道她為什麼會這樣。她坐到我的床沿，用力彈了兩、三下。「看來我非得適應妳這張軟趴趴的床墊不可了，小莎。我的床非常扎實。扎實的床墊對背部好多了，所以我才會有這麼好的體態。妳之所以彎腰駝背，八成就是因為這張床墊。」

「彎腰駝背？」我說。

「妳就是啊，小莎。找個時間照照鏡子吧。」她使勁壓我的床墊。「妳完全不懂得待客之道嗎？妳應該要拿出最好的來招待客人。妳應該要做一點犧牲，小莎。我媽媽常常這麼說。她說：『人的一生中，總得做點犧牲。』」

「我猜妳媽媽就是為了做出重大犧牲才會離家出走。」我按捺不住，脫口而出。她真的惹毛我了。

「我媽媽才不是『離家出走』，是被人綁架了。此時此刻，她正在遭受巨大的犧牲。」她開始取出行李箱裡的東西。「我的東西要放哪裡？」當我打開衣櫥，她說：「亂七八糟的！妳有多的衣架嗎？難道要我整個週末都把衣服塞在行李箱裡？客人應該要有最好的待遇，這純粹是一種禮貌，小莎。我媽媽說……」

「我知道，我知道……犧牲。」

十分鐘後，菲鳳說她頭痛。「說不定還是偏頭痛。我姨媽的足科醫生以前常常偏頭痛，後來才發現根本不是。妳知道她怎麼了嗎？」

「怎麼了？」我問。

「長腦瘤。」

「真的？」我說。

「真的，」菲鳳說：「在她腦裡面。」

「那還用說呀，菲鳳。妳說是腦瘤的時候，我就知道是長在腦裡面了。」

「妳真沒同理心，對一個有偏頭痛或有可能得了腦瘤的人這樣說話。」

我書裡有一棵樹的圖片。我畫了一個鬈髮圓頭，再畫一條繩子繞過那顆頭的脖子，綁在那棵樹上。

類似的情況一再持續。那天我恨死她了。不管她因為母親的事有多難過，我就是恨她，巴不得她離開。我暗想，當時面對我的任性胡鬧，爸爸是否也有同樣感覺？也許他也恨了我一陣子。

吃過晚飯，我們走路到瑪莉・露家。費尼夫婦陪著湯米和道格在前院草坪的一堆樹葉裡打滾玩鬧，班恩坐在門廊上。我到他身邊坐下，菲鳳則去找瑪莉・露。

班恩說：「菲鳳快把妳逼瘋了，對吧？」我喜歡他說話時會直視著對方的眼睛。

「徹頭徹尾。」我說。

「我敢說菲鳳很孤單。」

不知道是怎麼回事，我竟差點就伸手碰他的臉。我的心怦怦狂跳，我想他應該聽得見。我於是進屋去。我從後窗看著費尼太太爬上靠在車庫牆邊的梯子，上了屋頂後，她脫下外套鋪開。幾分鐘後，費尼先生也來到屋後，爬上梯子，接著也脫下自己的外套鋪在她旁邊。他在屋頂上躺下來，一手摟著妻子，親吻她。

在屋頂上，在空曠的戶外，他們便躺在那裡親吻彼此。我有一種異樣的感覺。他們讓我想起爸媽——寶寶難產以前，媽媽動手術以前的他們。

班恩進到廚房。他伸長手要從櫥櫃拿杯子時，忽然停下來看著我。那奇怪感覺又來了，我想摸他的臉，就是他臉頰上那個柔軟部位。我很怕要是一不小心，手可能會不由自主抬起來游移過去。真是太怪了。

「妳猜瑪莉．露在哪？」菲鳳一進來就說：「她跟艾利克斯在一起，在約會。」

我從來沒有約會過。我想菲鳳也是。

那天晚上在我家，我從衣櫥拖出睡袋鋪在地上。菲鳳雙眼直瞪，彷彿看見蜘蛛。「放心，」我說：「這是我要睡的。」我鑽進去以後立刻假裝睡著，並聽見菲鳳上了床。

不一會兒，爸爸進房間來。「菲鳳？」他說：「怎麼了嗎？」

「沒有。」她回答。

「我好像聽到有人在哭。妳沒事吧？」

「沒事。」她說。

「真的嗎？」

「真的。」

我替菲鳳覺得難過。我知道我應該起來，試著對她好一點，但我想起自己和她有同樣感受的那個時候，心知有時候你就是想和悲傷鳥獨處，有時候你必須獨自哭泣。

那天夜裡我夢見自己坐在草地上看望遠鏡。遠遠的，媽媽在爬梯子，不停不停的往上爬。那把梯子高得不得了。她看不見我，也始終沒有下來，只是不斷的爬。

27 ✦ 潘朵拉的盒子

第二天，幫忙菲鳳拖行李箱回家時，我說：「菲鳳，我知道妳最近很心煩……」

「我最近沒有心煩。」她說。

「菲鳳，有時候我很喜歡妳……」

「那多謝囉。」

「……可是有時候，菲鳳，我就很想把妳那個零膽固醇的身體丟出窗外。」

她沒有機會回應，因為我們已經到她家，她更急著拿問題砲轟父親。「有消息嗎？媽回來了嗎？她有打電話嗎？」

「算是有吧，」他說：「她打給施谷太太……」

「施谷太太？打給她幹麼？為什麼……」

「菲鳳，冷靜點。我不知道她為什麼打給施谷太太，我自己也還沒能和施谷太太說上話。她不在家，只是留了張字條。」他將字條拿給菲鳳看：諾瑪來電說她很好。署名施谷太太，底下附注說施谷太太出門去了，禮拜一才會回來。

「我不相信媽會打電話給施谷太太。是施谷太太捏造的。說不定施谷太太把她殺了剁成肉醬。我要報警。」

他們父女倆起了激烈爭執，但最後菲鳳敗下陣來。她爸爸說他想得到的人，他都打電話去問過，看媽媽有沒有暗示會去哪裡。他保證明天還會繼續打電話，也會找施谷太太談。如果禮拜三之前媽媽沒有來信，或直接來電，他就會報警處理。

我要離開時，菲鳳陪我來到門廊上，說道：「我決定了。我要打電話報警，甚至可能直接上警察局，不必等到星期三，我隨時都可以去。」

當晚她打電話給我，再次小小聲的說：「這裡好安靜喔。也不知道是怎麼回事，我躺在自己床上卻睡不著，我的床太硬了。」

禮拜一，菲鳳發表關於潘朵拉的口頭報告。她用微微顫抖的聲音開口道：「不知怎麼搞的，班恩報告普羅米修斯的時候，已經說到我的主題潘朵拉。不過，關於潘朵拉，班恩犯了一些小錯誤。」

班上每個人都轉頭去看班恩。「我才沒有。」他說。

「你有。」菲鳳的嘴脣在打顫。「潘朵拉被送到凡間不是為了懲罰，而是獎賞……」

「才不是。」班恩說。

「就是。」菲鳳說：「宙斯決定給男人一個禮物，因為在凡間只有動物陪他，好像很孤單。所以宙斯創造出一個美麗可愛的女人，然後邀請眾神一起用餐。那是非常文明的一餐，盤子都是成套的。」

瑪莉．露和班恩互相使了個眼色。

「宙斯請眾神送禮物給女人……讓她覺得自己是受歡迎的客人。」菲鳳覷我一眼。「眾神給她許多美好的東西：有時髦的披肩、有銀色禮服、有美貌……」

班恩插嘴說：「妳不是說她已經很美了。」

「祂們給她更多美貌。這樣你滿意了嗎？」她的嘴脣已不再顫抖，臉卻紅了。「眾神還給她唱歌的本事、說服的力量、一頂金冠、鮮花，以及其他許多類似美妙無比的東西。因為在所有的禮物當中，宙斯送給她潘朵拉這個名字，就是『得天獨厚』的意思。」

菲鳳開始進入重點。「另外有兩份禮物我還沒提到。一個是好奇，順便一提，因為這是世上第一個女人得到的禮物，所以所有的女人都很好奇。」

班恩說：「要是送她沉默當禮物就好了。」

「最後還有一個漂亮的盒子，鑲滿金銀珠寶，而且有一點非常重要——她不能打開盒子。」

班恩說：「那幹麼要送她？」

看得出來，菲鳳開始被他激怒了。她說：「我不是告訴你們了嗎？那是禮物。」

「可是為什麼要送她一個不能打開的禮物？」

「我——不——知——道。故事就是這樣。就像我剛剛說的，潘朵拉不能打開盒子，但因為她被賦予太大的好奇心，她真的、真的、真的很想知道盒子裡有什麼，於是有一天她打開了盒子。」

「我就知道，」班恩說：「妳一說她不能打開盒子，我就知道她會打開。」

「盒子裡裝著世界上所有不好的東西，例如仇恨、嫉妒、瘟疫、疾病和膽固醇。還有腦瘤和悲傷、有瘋子，也有綁架和謀殺，」她偷瞄波克威老師一眼，急忙接著說下去，「諸如此類的東西。潘朵拉看到這麼多可怕的東西跑出來，就想把蓋子蓋起來，卻蓋不上去，所以世界上才會有這麼多的壞事。但是那盒子裡只有一樣好東西。」

「是什麼?」班恩問道。

「我現在正要說呢，盒子裡唯一的好東西就是希望，正因為如此，儘管世界上有許多壞事，也仍然有一點希望在。」她舉起一張圖片，畫的是潘朵拉打開盒子，所有的小鬼怪全部一湧而出，潘朵拉滿臉驚恐。

當晚我一再想起潘朵拉的盒子，心裡不覺納悶，怎麼會有人把「希望」這種好東西和疾病、綁架、謀殺放在同一個盒子裡?不過，也幸好有希望，否則世上有核子戰爭、溫室效應、炸彈、持刀傷人和瘋子，人們的髮間隨時都會有悲傷鳥築巢。

想必有另一個盒子裡裝著所有的好東西，諸如陽光、愛、樹等等。誰是打開這個盒子的幸運兒呢?這個好盒子的底部是不是也有一樣壞東西呢?也許是擔憂吧。即便一切看似順利圓滿，我仍然擔心會在某個地方出差錯而改變一切。

我和爸爸媽媽的家原本看起來幸福美滿，直到寶寶死去為止。但寶寶從未有過呼吸，真能說它死去嗎?難道它的誕生與死亡發生在同一時間?人有可能還沒出生就死去嗎?

其實早在那個瘋子和那些紙條出現，以及溫彼古太太失蹤以前，菲鳳的家庭看起來就不對勁。我知道菲鳳之所以深信母親遭人綁架，是因為她無法想像母親會因為其他任何理由離開。我想打電話告訴菲鳳，說她媽媽也許是去尋找些什麼，也許她媽媽並不快樂，也許菲鳳做什麼都沒用。

當我跟爺爺奶奶說到這裡，爺爺問道：「妳是說，跟灰鳳一點關係都沒有？」他們倆互看一眼，雖然沒說什麼，眼神中卻隱約暗示我剛剛說了一句重要的話。這是我頭一次閃過這樣的念頭：或許媽媽的離開根本不是因為我的關係，與我毫不相干。誰也不可能擁有自己的母親。

菲鳳在課堂上報告潘朵拉的那天晚上，我想到潘朵拉盒子裡的「希望」。也許當一切看似悲傷淒苦，我和菲鳳仍可懷抱希望——事情或許即將開始回歸正軌。

28 ✦ 黑山

當我們看到通往黑山的第一塊路標，呢喃聲變了，又再次催促道：快、趕緊、快。我們在南達科塔耽擱了太久，如今只剩兩天，卻還有一大段路要走。

「也許我們應該跳過黑山。」我說。

「什麼？」爺爺說：「跳過黑山？跳過拉希摩山？那可不行。」

「可是今天已經十八號，是第五天了。」

「是不是有人沒跟我說這趟旅行有什麼期限？」爺爺問道：「哎呀，我們有的是時……」奶奶橫了他一眼，爺爺便說：「我就是得看看這群黑山，很快就好了，寶貝兒。」

呢喃聲在我耳邊聲聲催：快、快、快。我知道我們無法及時抵達愛達荷。我想過要趁著爺爺奶奶欣賞黑山時偷偷溜走，說不定能找個開車快速的人搭便車，但一想到那人超速、急轉彎——尤其進入愛達荷州劉易斯頓前有一連串蛇行彎道，我聽得太多了——一想到這個，我就開始頭暈噁心。

「哎呀，」爺爺說：「我應該把方向盤交給妳才對，寶貝兒。開了這麼長的路，我都快瘋掉了。」

他只是開玩笑，不過他知道我會開車。我十一歲時，他就教我開他那輛舊皮卡貨車，我們經常在爺爺家農場的泥土路上開來開去。我駕車，他則抽著菸斗講故事。他說：「妳駕駛技術可真了不得，寶貝兒，但是別告訴妳媽媽我教妳開車。她會把我打個半死。」

我本來很喜歡開那輛綠色的皮卡老爺貨車，也夢想著滿十六歲後去考駕照，但後來媽媽離開了，我也跟著起了變化。我開始害怕一些以前從未害怕過的事，開車便是其中之一。我甚至不喜歡坐車，更別提開貨車了。

黑山並不是真的黑色。山頭布滿松樹，黃昏時刻看起來或許是黑的，但我們在大白天看去，其實是墨綠色。一大片連綿不斷的深色山陵，景象顯得詭異。一陣涼風吹過松林，林木窸窸窣窣交換祕密。

媽媽一直很想來看看黑山，這是她旅程中最期待的景點之一。她經常跟我提起對蘇族印地安人而言十分神聖的黑山。這裡是他們的聖地，拓荒的白人卻占為己有。蘇族人至今仍在努力爭取自己的土地。我半期待會有個蘇族人攔下我們的車，不許我們進入，重點是我會站在他那邊。我會說：「拿去吧，都是你的。」

我們駛經黑山前往拉希摩山。起初感覺好像走錯地方了，但忽然間，一下子全部蹦現在眼前。只見一片岩壁高處，雕刻著華盛頓、傑佛遜、林肯與老羅斯福幾位總統，十八公尺高的頭像，他們正陰沉沉的俯視我們。

看到總統很好，我對這些總統沒意見，但總覺得蘇族人看見自己的聖山雕刻著這些白人面孔，應該會非常傷心。我敢說媽媽會很不舒服。我心想，當時雕刻的人為什麼不也放兩個印地安人上去呢？

爺爺奶奶似乎也很失望，奶奶甚至不想下車，因此我們並未久待。爺爺說：「南達科塔我看夠了，妳呢，寶貝兒？妳呢，傻瓜蛋？我們快點走吧。」

到了傍晚，我們已深入懷俄明，我算了算剩下的里程數。也許來得及，只是也許。這時爺爺說道：「希望沒人介意我們在黃石停留一下。錯過黃石，這可是罪過。」

奶奶說：「就是老忠實間歇泉的所在嗎？噢，我很想去看看老忠實。」她回頭看我。「我們會快點。真的，我敢說我們會在二十號以前到愛達荷，絕對沒問題。」

29 ✦ 潮起

「灰鳳的媽媽打電話了嗎？」奶奶問道：「她回家了嗎？灰鳳打電話報警了嗎？唉，但願這不是個悲傷的故事。」

菲鳳真的去了警局。就在波克威老師給我們朗讀一首關於海潮與旅人的詩那天——那首詩聽得我和菲鳳都心煩意亂，我想菲鳳就是因為這首詩才終於下定決心，要把媽媽的事告訴警察。

波克威老師讀的是朗費羅的詩〈潮起，潮落〉。從老師讀詩的語調，可以聽到海潮起起落落、起起落落。詩中有位旅人匆匆趕赴一座小鎮，天色愈來愈黑，大海呼喚著旅人。然後海浪「用柔細白皙的手」抹去旅人的腳印。次日清晨——

白晝復返，卻再不見

旅人重回海邊
又是潮起，潮落

波克威老師問大家對這首詩的感想。梅根說它聽起來輕輕柔柔，讓她差點睡著。

「輕柔？」我說：「很嚇人好不好。」我的聲音在顫抖。「有人走在海灘上，夜色逐漸降臨，那人不停回頭看有沒有人跟在後面，然後忽然一個巨浪打上來，把他拉進海裡去。」

「謀殺。」菲鳳說。

我語氣堅定，滔滔不絕，好像這是我寫的詩，我最了解。「海浪用『柔細白皙的手』抓住旅人，淹死他。他被海浪殺死，就這麼走了。」

班恩說：「也許他不是淹死，也許他只是死了，像平常人的死法。」

菲鳳說：「他是淹死的。」

我說：「死並不平常。那不尋常，很可怕。」

梅根說：「那天堂呢？上帝呢？」

瑪莉．露說：「上帝？詩裡面提過祂嗎？」

班恩說：「也許死亡既平常又可怕。」

下課鈴響後，我飛奔離開教室。菲鳳抓住我。「走吧。」她說。她從置物櫃取出她從家裡帶來的物證，我們倆便一起跑向六條街外的警察局。我也不太確定自己為什麼跟菲鳳一起去。或許是因為那首關於旅人的詩，或許是因為我開始相信有那個瘋子存在，也或許是因為菲鳳採取了行動，讓我感到佩服。要是媽媽離開時，我也採取某些行動就好了。我不確定自己能做什麼，但如果能做點什麼就好了。

我和菲鳳在警局外面站了五分鐘，試著讓心跳緩和下來，然後才走進去站在服務櫃台前。櫃台另一邊有個瘦瘦的、長著一對招風耳的男人，正在一本黑色冊子裡寫字。

「請問一下。」菲鳳說。

「我馬上好。」那人說。

「事情非常緊急，發生了謀殺案，我需要找人談。」菲鳳說。

他很快的抬起眼睛。「謀殺案？」

「是的，」菲鳳說：「也可能是綁架。不過綁架有可能演變成謀殺。」

「妳在開玩笑嗎？」

「不，不是開玩笑。」菲鳳說。

「等一下。」他小聲的對一個穿深藍色制服、身材微胖的女警說了幾句話。她戴著厚重鏡片的眼鏡。「妳們是不是在書上讀到了什麼？」她問道。

「不是的。」我說。當我挺身為菲鳳辯護，這應該算是個轉捩點吧。我不喜歡那個女警看我們的眼神——好像我們兩個是傻瓜。我想讓女警明白菲鳳為何心慌意亂，我希望她相信菲鳳。

「我能不能請問……是誰被綁架或可能遭到謀殺了？」女警問道。

菲鳳說：「我媽媽。」

「噢，妳媽媽呀。那麼跟我來。」她的聲音軟軟甜甜的，好像在跟幼童說話。我們跟隨她進入一個鑲著玻璃隔板的房間。有個身形魁梧、頭大頸粗、肩膀寬闊的男子，坐在辦公桌後面，他頭髮火紅，臉上布滿雀斑。我們進入時，他臉上毫無笑容，聽完女警轉述我們的說詞，他瞪著我們許久。

他是畢克警長，菲鳳對他說出事情的來龍去脈。她一一道出母親失蹤、施谷太太留了紙條、施谷太太的丈夫下落不明與她家的杜鵑花叢，最後還提到那個瘋子與那些神祕字條。聽到這裡，畢克警長問道：「是什麼樣的字條？」

菲鳳做足了準備。她從書包拿出紙條，依照先後順序排放在辦公桌上。警長一張一張大聲念出來。

批判一個人之前，先穿上他的麂皮靴走過兩個滿月。

每個人都有自己的時程。

人的一生中，有什麼大不了的呢？

你無法阻止悲傷鳥從頭上飛過，卻能阻止牠們在髮間築巢。

畢克警長抬頭看看坐在我們旁邊的女警，嘴角微微抽動了一下。他對菲鳳說：「妳覺得這些和妳媽媽失蹤有什麼關聯？」

「不知道。」她說：「所以我才希望你們去查出來。」

畢克警長請菲鳳寫出施谷太太的名字。「和屍骨同音，」菲鳳說：「就是屍體的意思。」

「我知道。其他還有什麼嗎？」

菲鳳拿出裝著不明毛髮的信封。「也許你們能檢驗一下這個。」她提議道。

畢克警長看著女警，嘴角再次微微抽動。女警摘下眼鏡，擦拭鏡片。

他們沒把我們當一回事，我感覺到自己體內那頭倔驢逐漸甦醒。我提及菲鳳用膠帶做記號的那些疑似血跡的汙點。

「不過我爸爸把膠帶清掉了。」菲鳳說。

畢克警長說：「不好意思，請妳們等我一下。」他叫女警留下來陪我們，自己離開了辦公室。

女警向菲鳳詢問學校與家裡的情況，東問西問了一大堆。我不斷暗自納悶，畢克警長上哪去了？什麼時候才會回來？結果他離開超過一個小時。警長的桌上有三張裱框相片，我想湊上前去看，卻又不敢，唯恐女警覺得我太八卦。

畢克警長終於回來了，身後跟著菲鳳的爸爸。菲鳳似乎鬆了好大一口氣，但我知道她父親的出現並非偶然。

「溫彼古小姐，」畢克警長說：「令尊來帶妳和妳的朋友回家了。」

「可是……」菲鳳說。

「溫彼古小姐，我們會保持聯繫。如果妳想要我找施谷太太談談……」

「噢，不用。」溫彼古先生說道，臉色有些尷尬。「真的沒有必要。我要鄭重道歉……」

我們跟著溫彼古先生走出警局。上車後，他一言不發。我以為他可能會讓我在我家前面下車，但他沒有。到了他們家，他只說一句：「菲鳳，我去找施谷太太談談，妳和小莎在這裡等著。」

關於菲鳳母親來電，施谷太太也沒能提供更多資訊。溫彼古太太只說很快就會打電話回來。

「就這樣？」菲鳳問。

「媽媽還問施谷太太妳和曉心好不好。施谷太太跟她說妳們很好。」

「拜託，我才不好。」菲鳳說：「施谷太太知道什麼啊，再說，這些全都是施谷太太編出來的。你應該讓警察找她談，你應該問她杜鵑花叢的事，你應該去查那個瘋子是誰，很可能是施谷太太雇來的。你應該……」

「菲鳳，妳的想像力完全失控了。」

「才沒有。媽媽愛我，她不會毫無解釋就離開我。」

這時她爸爸哭了起來。

30 ✦ 私闖

「么命啊！」爺爺說：「悲傷鳥還真是成群結隊的往灰鳳家聚集呢。」

奶奶說：「妳喜歡灰鳳，對不對，莎羅曼卡？」

我確實喜歡菲鳳。儘管她老是說一些荒誕不經的故事、對膽固醇有執著的狂熱，還會說一些讓人生氣的話，但她身上有種類似磁鐵的感覺吸引著我。我十分確信，在那些怪異行為底下藏著一個驚慌害怕的人。奇怪的是，她就像是另一個我──有時候她會表現出我內心的感覺。

我並不覺得菲鳳是真的打算私闖施谷太太家，可是就在菲鳳正要上床時，看見了施谷太太穿著護理師制服開車出門。菲鳳等到爸爸睡著後，才打電話給我：「妳現在馬上過來，」她說：「事情緊急。」

「可是菲鳳，現在很晚了。外面黑漆漆的。」

「事情緊急啊，小莎。」

菲鳳在施谷太太家門口等我，屋裡沒有亮燈。菲鳳說：「走吧。」接著隨即起步。我坦白承認猶豫。「我只是很快看一眼。」她說著躡手躡腳溜到門廊上站在門邊，先是豎耳傾聽，然後敲兩下門，轉動門把。門沒鎖。

我以為菲鳳沒打算要進去，不料她正有此意，我只好尾隨在後。我們站在幽暗的玄關，右手邊的房間裡，有一束街燈光線從窗外射入。我們走進那個房間，忽然聽到有人說：「小莎嗎？」我們倆差點從窗子跳出去。我開始退向大門。

「有鬼。」菲鳳說。

「過來這裡。」那聲音說。

眼睛適應了昏暗光線後，我看到遠端角落裡，有個人縮坐在一張椅子上。當我看見柺杖，才鬆了口氣。「松基太太嗎？」

「到這裡來。」她說：「是誰跟妳一起來？菲鳳嗎？」

菲鳳說：「是的。」聲音很尖並微微顫抖。

「我只是坐在這裡讀書。」松基太太說。

「這房裡黑得太嚇人了吧？」我說著撞到一張桌子。

松基太太發出她一貫的怪笑。「這裡一向都這麼黑。我不需要燈光，但妳們想開燈的話可以開。」

我四下跌跌撞撞摸找檯燈之際，菲鳳動也不動的站在門邊。「好啦，」我說：「這樣好多了。」松基太太坐在一張又大又鬆軟的扶手椅上，穿著紫色浴袍和粉紅色拖鞋，鞋尖處垂著一對兔子耳朵。她腿上擺著一本書，手指放在書頁上。「那是點字書嗎？」我問道，一面招手要菲鳳進房間來。我擔心她會丟下我跑走。

松基太太將書遞給我，我順著那些凸點摸過去。「妳怎麼知道是我們？」我問道。

「我就是知道，」她說：「妳的鞋子會發出特別的聲音，而且妳有一種特殊的氣味。」

「這本書叫什麼名字？在寫什麼？」

松基太太說：「書名叫《午夜謀殺》，是懸疑小說。」

菲鳳「嗯」了一聲，環視房間一圈。

我每次進這棟屋子都會有新發現，真是個可怕的地方。貼牆而立的架子上塞滿發霉的舊書，地上有三張地毯，上面全是陰陰暗暗、糾結纏繞的森林野獸圖案。兩張椅子也同樣布滿令人毛骨悚然的類似圖紋。有一張長沙發上披蓋著熊皮。

小沙發後面的牆壁上掛著兩個陰森森的非洲面具，面具的嘴巴大張，彷彿正在吶喊。放眼望去，每個角落都有個令人驚嚇的東西：一個松鼠標本、一面龍形風箏、一隻身側插著矛的木牛。

「天哪，」菲鳳說：「好多……好多不尋常的東西啊。」她蹲下來檢視地板上一處汙漬。

「怎麼了嗎？」松基太太問。

菲鳳連忙跳起來。「沒事。什麼事也沒有。」

「我掉了什麼東西在地上嗎？」松基太太問。

「沒有，地上什麼也沒有。」菲鳳說。有一隻巨劍斜靠在長沙發的椅背，菲鳳細細審視劍刃。

「小心別割傷了。」松基太太說。

菲鳳後退一步，連我都覺得忐忑，松基太太明明看不見她，卻能知道她在做什麼。

松基太太說：「這個房間很宏妙不是嗎？宏妙……也有一點獨奇吧，我想。」

「我和菲鳳得走了……」我們退向門口。

「對了，」就在我們退到門邊時，松基太太說：「妳們來這裡要做什麼？」

菲鳳和我面面相覷。「我們只是剛好經過，」我說：「想說順便來看看妳好不好。」

「真貼心。」松基太太拍拍膝蓋說：「噢，菲鳳，我好像遇見妳哥哥了。」

菲鳳說：「我沒有哥哥。」

「是嗎？」松基太太敲敲自己的頭。「看來我這個腦袋瓜鈍了，不中用了。」

我們離開時，她又說：「哎呀，妳們這兩個丫頭還真是夜貓子。」

到了外面，菲鳳說：「有些東西警察應該會想進一步調查，我再把清單列出來：像是那把劍、地上的可疑汙漬，我還撿了幾根髮絲。」

「菲鳳，妳知道嗎？妳說妳媽媽絕對不會毫無解釋就離開，但其實她可能會。一個人——一個母親——有可能會這麼做。」

菲鳳說：「我媽媽就不會。我媽媽愛我。」

「但她有可能既愛妳，卻又無法解釋。」我想到媽媽留給我的信。「也許對她來說，解釋太痛苦了。也許做了解釋就好像再無轉圜的餘地。」

「我不知道妳到底在說什麼。」

「她可能不會回來了，菲鳳……」

「閉嘴，小莎。」

「可能不會了。我只是覺得妳應該準備好……」

「她就會回來。妳根本不知道自己在說什麼，妳這討厭鬼。」菲鳳跑著進屋。

我回家後悄悄溜回自己房間，忽然想起菲鳳讓我看了她房間裡，幾樣會讓她想起母親的東西：一張自製的生日卡、一張她和母親的合照、一塊薰衣草香皂。菲鳳從衣櫥拿出一件上衣，說她能看見母親站在燙衣板前面用手撫平這件衣服。菲鳳床鋪的對牆漆成藍紫色，她說：「這是我媽媽今年夏天漆的，但底部邊緣是我漆的。」

菲鳳這是在做什麼，又為什麼這麼做，我清楚得很。媽媽離開後，我也是這樣。爸爸說得對：白班克斯的家裡以及田野與穀倉，到處都有媽媽的身影，她無所不在，看到任何東西都不可能不想起她。

搬到尤克里德後，我做的第一件事就是拿出媽媽以前送我的禮物。我把五歲生日時媽媽送我的紅母雞海報，還有去年生日她送我的穀倉素描，貼到牆上。書桌上，擺上她的照片和她寄來的明信片。書架上，則是放著她送的木雕動物和書本。

有時候，我會在房裡走來走去，一面看著每一件東西，一面努力回想她送禮物那天的確切情景。試著想像當時的天氣、我們所在的房間、她的穿著打扮與她說的每字每句。這不是遊戲，而是必要的重要之舉。假如我沒有這些東西，也不記得這些景況，那麼她可能就會永遠消失。她可能就像永遠不曾存在過。

我的寫字櫃裡有三樣東西，是我在她離開後從她衣櫥拿來的：一條紅色流蘇披肩、一件藍色毛衣，以及我一直最喜愛的一件黃色碎花棉布洋裝。這些東西上有她的氣味。

媽媽離開前曾有一次說道，只要透過觀想，就能讓某件事成真。例如，如果你要參加賽跑，就觀想自己在比賽時率先衝過終點線，好啦！到時就會真的發生。我唯一想不通的是——如果每個人都觀想自己拿第一呢？

無論如何，她離開後，我還是這麼做了。我觀想她伸手去拿電話，接著觀想她撥了電話號碼，然後觀想我們的電話號碼在喀嗒喀嗒聲中通過電話線，最後電話鈴響起。

但是沒有。

我觀想她搭著巴士回到白班克斯。我觀想她走上門前的車道。我觀想她打開家門。

事情並未發生。

我和菲鳳偷溜進施谷太太家的那天夜裡，我心裡想著這一切的同時，還想到了班恩。我驀地有一股衝動想跑到費尼家，問他的媽媽在哪裡，可是時間已經太晚，費尼家的人應該都睡了。

於是我躺在床上想著那首關於旅人的詩，眼前可以看見潮水起伏漲落，看見那些白皙而恐怖的手抓住了旅人。旅人將死，這怎麼可能是平常的事？又怎麼可能同時既平常又可怕呢？

我徹夜未眠。我知道若是閉上眼睛，就會看見潮水與白皙的手。我想到哭泣的溫彼古先生，再沒有比這個更令人傷心的了，甚至比看到我自己的爸爸哭泣更難過，因為爸爸是那種心情很差的時候就會哭的人。但我從來、從來沒想到溫彼古先生——死死板板的溫彼古先生——竟然會哭。我頭一次領悟到他其實是在乎溫彼古太太的。

天一亮我就打電話給菲鳳。「菲鳳，我們一定要找到妳媽媽。」

「我不是一直都這麼說的嗎？」她說。

31 ◆ 照片

第二天，照松基太太的說法，獨奇到了極點。

菲鳳又拿了另一張紙條來學校，是她當天早上在門廊上發現的。

水井乾枯前，永遠不會知道水的價值。

「這是個線索，」菲鳳說：「也許我媽媽被藏在井裡。」

我去置物櫃時，班恩正好迎面走來，空氣中飄著那葡萄柚的香氣。「妳臉上有東西，」他說著用溫暖柔細的手指擦擦我的側臉。「八成是妳的早餐。」我也不知道自己是怎麼回事。我想親他，身子往前傾時，他剛好轉身，用力打開他的置物櫃。結果我的嘴唇撞上了冰冷的金屬櫃。

「妳好奇怪，小莎。」他說。

接吻是天底下最複雜的事了。兩個人必須同一時間在同一個位置，而且兩個人都要保持靜止不動，才能讓那個吻到達定位。但我倒是鬆了口氣，幸好我的嘴脣最後碰到冰冷的金屬櫃。我不敢想像自己是怎麼回事，也不敢想像萬一真的親到班恩的嘴脣會怎麼樣。細想這種事會讓人猛打哆嗦。

接下來在學校的一整天裡，我都沒有再讓嘴脣失控。

波克威老師抱著我們的日記，腳步輕盈的走進教室。我壓根忘了日記的事。他在教室裡蹦來蹦去，一邊高喊：「不同凡響！難以置信！太驚人了！」他迫不及待想跟大家分享這些日記。

瑪莉．露．費尼說：「和全班分享？」

波克威老師說：「不用擔心！每個人都有非常有趣的事想說。我還沒全部看完，但有些篇幅我想馬上和你們分享。」

教室裡所有人都不安的扭來扭去。我努力回想自己寫了什麼，瑪莉．露向我靠過來說：「我不擔心，我在日記最前面特別寫了一張紙條，明確的請他別念出來。日記是我的隱私。」

波克威老師微笑看著每個緊張兮兮的面孔。「大家不必擔心，」他說：「我會更改你們寫的人名，念日記的時候也會用這張黃色的紙遮住封面，讓你們看不出那是誰的日記。」

班恩要求要去上廁所。克莉絲蒂說她不舒服，想去找校護。菲鳳叫我摸摸她的額頭，因為她很確定自己發燒了。通常波克威老師都會讓學生去上廁所或找校護，這回他卻說：「我們就別詐病了！」他拿起一本日記，在還沒有人來得及檢視封面、尋找關於作者身分的線索前，他便用黃紙遮蓋起來。每個人都深深吸一口氣。看得出來大夥兒神態緊張，繃緊神經等候著，就好像波克威老師即將宣布受處決的人。波克威老師大聲念道：

我覺得貝蒂（他改了名字，學校裡沒有人叫貝蒂）會下地獄，因為她老是妄稱主的名。她每五秒鐘就要喊一次「上帝啊」！

瑪莉．露的臉色頓時發紫。「是誰寫的？」她說道：「是妳嗎，克莉絲蒂？我敢打賭就是妳。」

克莉絲蒂低頭瞪著自己的課桌。

「我才沒有每五秒鐘就喊一次『上帝啊！』我沒有。我也不會下地獄。全能神力……我現在都這麼說。我會說——全能神力啊！還有阿拉法和俄梅戛啊！」

波克威老師拚命想解釋他喜歡這段文章的原因。他說大多數人都沒有意識到，自己的遣詞用字，例如「上帝啊」可能會惹別人不快。瑪莉・露湊過來說：「他說真的嗎？他真的、真的、真的相信那個牛頭牛腦的克莉絲蒂，會因為我說上帝啊而煩惱？何況我再聲明一次，我現在已經不會這麼說了。」

克莉絲蒂一臉虔誠的模樣，彷彿上帝親自從天而降，坐在她的桌上。

波克威老師連忙挑了另一本日記，念道：

琳達（我們班上也沒有琳達）是我最好的朋友。我幾乎什麼事都會告訴她，而她每一件事都會告訴我，哪怕是我不想知道的事。比方說她早餐吃了什麼、她爸爸穿什麼睡覺，還有她的新毛衣多少錢。有時候這種事真讓人興趣缺缺。

波克威老師喜歡這段的原因是這顯示出，即便是最好的朋友也可能把人逼瘋。貝絲・安坐在位子上整個人往後轉，對瑪莉・露投以傷害性的目光。

波克威老師將同一本日記往前翻幾頁，念出另一段——

我覺得傑里麥亞是個豬頭。他的皮膚從來都是粉紅色，頭髮也老是乾淨得發亮……但他真的是呆瓜。

我覺得瑪莉．露就快從椅子上摔下來了。艾利克斯就是粉透、粉透的膚色。他看著瑪莉．露的眼神，好像她剛剛把一根燒得火紅炙燙的鐵棍插入他的心臟。

瑪莉．露說：「不是……我……不是你想的那樣……我……」

波克威老師喜歡這一段文字表達了對某一個人的矛盾情感。

「我想也是。」艾利克斯說。

下課鈴響，首先聽到的是那些日記沒被念到的人鬆一口氣的嘆息聲，接著大夥兒便嘰哩呱啦說起話來。「喂，瑪莉．露，看看艾利克斯的粉紅皮膚。」還有「喂，瑪莉．露，貝絲．安的爸爸到底穿什麼睡覺啊？」

貝絲．安站在離瑪莉．露的臉近在咫尺的地方，說道：「我沒有說個不停，妳這麼寫實在很不厚道，我也沒有什麼事都告訴妳，而且我之所以提到我爸爸穿什麼睡覺，純粹是因為——如果妳還記得的話——我們在聊男生的泳衣比女生的舒服，還有……」她就這麼說個不停。

瑪莉．露試圖穿越教室去找艾利克斯，只見他站在那裡，說有多粉紅就有多粉紅。「艾利克斯！」她喊道：「等一下！我寫的時候還沒有……等一下……」

整個教室亂得跟什麼似的，幸好我得走了。我和菲鳳準備再去一趟警局。

我們一進去馬上就見到畢克警長。菲鳳將那張關於井水的最新紙條甩到他桌上，接著將她在施谷太太家蒐集到的毛髮往紙條上一丟，最上面再放上她列出的「進一步調查事項」清單。

畢克警長皺起眉頭。「妳們兩個小姑娘恐怕還不明白。」

菲鳳忽然抓狂，罵了一句：「你這白癡。」然後撈起紙條、毛髮與清單，便衝出辦公室。

畢克警長追了出去，我則留下來等，心想他應該會把菲鳳帶回來，安撫她的情緒。我看起了他桌上的照片，就是前一天沒能細看的那些。有一張是畢克警長和一名面容和善的女子的合照——我想是他妻子。第二張拍的是一輛亮晶晶的黑色轎車。第三張是畢克警長、那名女子和一個年輕人的合照——我猜是他們的兒子。我定睛一瞧。

認出了他們的兒子。就是那個瘋子。

32 ✦ 雞肉與黑莓之吻

爺爺像逃離著火的房子似的飛馳過懷俄明。我們在蜿蜒的道路上蛇行，兩旁夾道的樹木湊上前來，窸窣催促著快、快、快、快、快。道路順著河水轉彎，淙淙水聲也在鞭策著：趕緊、趕緊、趕緊。

到達黃石，時間已經不早。那天傍晚只看到一處熱泉。我們走過鋪在冒泡泥巴上面的木板道（「好耶，好耶！」奶奶說。），下榻在老忠實旅店附有衛浴的「邊境小屋」。我從未見過奶奶如此興奮，她簡直等不到隔天早上，說了一遍又一遍：「我們要去老忠實了。」

「不會花太多時間吧？」我這麼問著，又覺得自己真是冥頑不靈，因為奶奶是那麼期待。

「妳放心，莎羅曼卡。」奶奶說：「我們只去看看那個間歇泉噴發，然後就立刻啟程上路。」

我對著外面的榆樹禱告了一整夜。我祈禱不會發生車禍，祈禱能趕在媽媽生日當天到達愛達荷的劉易斯頓，祈禱能帶媽媽回家。後來我才領悟到我禱告的內容錯了。

那一晚，奶奶興奮到睡不著覺，叨叨絮絮說這說那的。她對爺爺說：「你記得你在床墊底下發現的信嗎？那個買蛋人寫的信？」

「當然記得，我們還大吵一架。妳說根本不知道信怎麼會跑到那裡去，妳說一定是那個買蛋的溜進臥室裡偷放的。」

「那我就告訴你吧，是我放的。」

「我知道，」爺爺說：「我沒笨到那個地步。」

「那是我這輩子唯一收到過的情書，」奶奶說：「你就從來沒給我寫過情書。」

「妳也從來沒跟我說過妳想收到情書。」

奶奶對我說：「妳爺爺為了那封信，差點殺了那個買蛋的男人。」

「喔唷，」爺爺說：「他才不值得我動手。」

「也許吧，但葛蘿莉亞就值得了。」

「是啊，」爺爺一手按在心口，假裝一副陶醉的模樣。「葛蘿莉亞！」

「夠了，」奶奶側翻過身，說道：「跟我說說灰鳳，跟我說說那個故事，但別說得太讓人傷心。」她兩手交疊在胸前。「告訴我那個瘋子後來怎麼樣了。」

我一看到畢克警長桌上放著瘋子的照片，立刻快如閃電衝出辦公室。畢克警長站在停車場，我從他身邊跑過去，不見菲鳳的人影，我一路跑到她家，經過施谷太太家時，松基太太從門廊上喊我。

「妳打扮得好漂亮，」我說：「要去哪裡嗎？」

「是啊，」她說：「我準備好了。」她搖搖晃晃步下階梯，蟒蛇枴杖在身前揮動著。

「妳走路嗎？」我問道。

她彎身摸摸自己的腿。「像我這樣移動雙腿不就叫走路嗎？」

「不，我是說妳要走路去妳要去的地方嗎？」

「噢，不是，用走的太遠了。吉米會來接我，他馬上就到了。」這時有輛車來到屋前停下。「他到了。」她說著對駕駛喊道：「我準備可了。我說我可以，就是可以。」

汽車駕駛跳下車來。「小莎？」他說道：「我怎麼不知道妳們是鄰居？」是波克威老師。

「我們不是，」我說：「住在隔壁的是菲鳳……」

「是嗎？」他說，一面替松基太太開車門。「來，媽，我們走吧。」

「媽？」我看著松基太太說：「他是妳兒子？」

「可不是嘛，」松基太太說：「他是我的小吉米。」

「可是他姓波克威……」

松基太太說：「我也曾經姓波克威，後來變成松基，現在還是松基。」

「那施谷太太是誰？」我問道。

「我的小瑪姬，」她說：「她本來也姓波克威，現在變成施谷了。」

我對波克威老師說：「施谷太太是你姊姊？」

「我們是雙胞胎。」波克威老師說。

他們開車離開後，我去敲菲鳳家門，但沒有回應。回家後，我反覆撥打菲鳳的電話號碼。無人接聽。

第二天到了學校看見菲鳳，我才鬆一口氣。「妳跑哪去了？」我說道：「我有事情要告訴妳……」

她別過頭去，說道：「我不想談，我不想討論。」

我想不透她是怎麼了。這一天過得糟糕透頂。數學課和科學課都有考試。午餐時，菲鳳不理我。接著又到了英文課。

波克威老師跳著進教室。同學們又是咬指甲又是頓腳，身體不停扭動，大多像得了潰瘍似的，暗暗擔心波克威老師是不是又要讀日記。我直直盯著他。他和瑪格麗特・施谷是雙胞胎？這是真的嗎？得知這件事最令我失望的部分，就是他不會愛上施谷太太、娶她並帶她離開。

波克威老師打開一個櫃子，拿出日記，用黃紙遮住其中一本的封面，念道：

我就是喜歡這樣的珍妮。她聰明，但不會一副無所不知的樣子。她很可愛。她很香。她很可愛。她會逗我笑。她很可愛。

我整條手臂都刺刺麻麻的。我偷偷猜想，這是不是班恩在寫我？但隨即想到班恩寫日記的時候還不認識我。教室裡傳出一片嘈雜的聲響，有不少人在位置上動來動去。克莉絲蒂面露微笑，梅根面露微笑，貝絲・安面露微笑，瑪莉・露面露微笑。教室裡每個女生都面露微笑，個個都覺得那是在寫她。

我仔細觀察每個男生。艾利克斯無動於衷的注視著波克威老師。接著我看到班恩，他兩手摀住耳朵，低頭盯著課桌。那刺刺麻麻的感覺一路竄上我的頸子，隨後轉移到脊椎。真的是他寫的，但不是寫我。

波克威老師高呼：「愛情啊，人生啊！」然後一邊嘆息一邊抽出另一本日記，念道：

珍妮對男生一無所知。有一次她問我接吻是什麼味道，可見她從來沒和任何人接吻過。我跟她說那味道就像雞肉，她竟然相信了。有時候她真是笨得可以。

瑪莉．露．費尼從椅子上跳起來。「妳這個智障，」她對著貝絲．安說：「妳這個牛腦袋。」貝絲．安用食指捲起一綹頭髮。瑪莉．露說：「我才沒有相信妳，而且我知道那是什麼味道，根本不是雞肉。」

班恩畫了兩個火柴人在接吻的漫畫，他們的頭頂上有個泡泡框，裡面有隻雞在叫著：「咯、咯、咯咯咯。」

波克威老師拿著同一本日記翻了幾頁，念道：

我討厭這個。我討厭寫東西。我討厭讀書。我討厭日記。我尤其討厭英文課，老師只會一直說那些白癡象徵符號。我討厭那首關於雪地樹林的白癡詩，我也討厭樹林象徵死亡或美或性或隨便什麼東西。我討厭那樣。樹林就只是樹林而已。

貝絲．安站起身來。「老師，」她說：「我就是討厭學校，我就是討厭課本，我就是討厭英文，我就是討厭象徵符號，而我最最討厭的就是這些白癡日記。」

頓時教室裡一片靜悄悄。波克威老師瞪著貝絲．安片刻，在那片刻當中，我想到了施谷太太。在那短暫瞬間，他的眼睛看起來和她一模一樣。我擔心他會掐死貝絲．安，不料他隨即露出微笑，雙眼又再度恢復成友善而巨大的牛眼。我想他將她催眠了，因為貝絲．安慢慢坐了下來。波克威老師說：「貝絲．安，我完全明白妳的感受。完完全全明白。我很喜歡這一段。」

「真的嗎？」她說。

「寫得很坦率。」

我不得不承認，還有什麼比貝絲．安跟英文老師說她討厭象徵符號、討厭英文、討厭白癡日記，更坦率的呢？

波克威老師說：「我以前也有過一模一樣的感覺。我也不明白象徵符號有什麼值得大驚小怪的。」他往辦公桌裡面東摸西找。「我想讓你們看一樣東西。」他抽出一些紙張隨意丟到一旁，最後終於拿起一張畫。「找到了！不同凡響！這畫的是什麼？」他問班恩。

班恩說：「是花瓶。很明顯。」

波克威老師把畫拿到貝絲‧安面前，她一副快要哭出來的樣子。波克威老師說：「貝絲‧安，妳看到什麼？」一小滴淚水滑下她的臉頰。「沒關係，貝絲‧安，妳看到什麼了？」

「我沒看到什麼白癡花瓶，」她說：「我看到兩個人，他們在互相對看。」

「沒錯，」波克威老師說：「讚！」

「我說對了？讚？」

班恩說：「蛤？兩個人？」我也是這麼想。哪來兩個人？

波克威老師對班恩說：「你說的也沒錯。讚！」他問其他所有人：「有多少人看到花瓶？」約有半數學生舉手。「那有多少人看到兩張臉？」其餘的人舉起手來。

接著波克威老師指點我們如何能兩個景象都看到。如果只看中間白色部分，就能清楚看見花瓶。如果只看旁邊的黑色部分，就會看見兩張側臉。花瓶的側邊曲線就成了兩個人頭面對面的輪廓。

波克威老師說這幅畫就有點像象徵符號。或許畫家只打算畫花瓶，而或許有些人看畫的時候也只看到花瓶。這樣很好，但假如有些人看畫時看見了人臉，有什麼錯呢？對那個看畫的人來說，它就是人臉啊。還有更了不起的，有人可能兩個都能看到。

貝絲．安說：「依你看有兩個？」

「能找到兩個，」波克威老師說：「這不是很有趣嗎？能發現那片雪地樹林可能代表著死亡、美，甚至性愛，這不是很有趣嗎？哇！文學啊！」

「他說了性愛嗎？」班恩說著，照樣畫下那張圖。

我以為波克威老師那天的日記就念到這裡為止，沒想到他裝模作樣的閉上眼睛，從整疊日記接近最底下的地方抽出一本。

她將幾顆黑莓丟進嘴裡，然後四下環顧……

是我的。我幾乎無法忍受。

她朝楓樹走了兩步後，張臂環抱，親吻樹幹。

同學在吃吃竊笑。

……我似乎隱約看出一處小小的深暗痕跡，宛如黑莓之吻。

班恩從教室另一頭看著我。波克威老師念完我母親的黑莓之吻後，又念出我如何親吻樹幹，而且從此開始親吻各式各樣的樹，並發現每棵樹都有自己獨特的味道，而那個味道裡還混雜著黑莓味。

這時候，因為班恩和菲鳳都瞪著我，其他人也跟著看我。「她親樹？」梅根說。要不是波克威老師立刻拿起另一本日記，我恐怕會當場暴斃。他將食指戳向紙頁中央，念道：

我非常在意……

波克威老師直愣愣盯著那一頁，好像看不懂字跡似的。他又從頭念起：

我非常在意……呃……施提太太。她的行為舉止讓人懷疑她殺害了自己的丈夫……

菲鳳的眼睛眨得飛快。

「繼續啊，」班恩說：「把它念完！」

看得出來波克威老師很懊悔，一開始就不該搞日記這玩意兒，但全班的人都在喊：「對啊，念完！」於是他勉為其難的往下念。

我相信她把屍體埋在自己家後院。

下課鈴響後，全班簡直暴動起來。「哇！謀殺耶！是誰寫的？」還有「是真的嗎？」

我飛也似的跑出教室，追在菲鳳後面。梅根則跟在我後面大喊：「妳會親樹？」我衝出校舍。不見菲鳳。

白癡日記，我暗咒，么命的白癡日記。

33 ✦ 訪客

待在黃石國家公園邊上的「邊境小屋」，爺爺奶奶都還醒著。「你們還不想睡嗎？」我問。

奶奶說：「我不知道怎麼搞的，一點睡意都沒有。我想知道灰鳳後來怎麼樣了。」

「我跟你們說波克威老師來訪的事，然後今晚就到此為止。」

波克威老師念我寫黑莓之吻和菲鳳寫施谷太太的日記那天，我在吃過晚飯後去了菲鳳家。我進入菲鳳的臥室，說道：「我有重要的事要跟妳說……」這時門鈴響起，我們聽到一個熟悉的聲音。

「聽起來很像波克威老師。」菲鳳說。

「那正是我要跟妳說的事情之一，」我說：「關於波克威老師……」

菲鳳的房外有人敲門，是她父親。「菲鳳，妳和小莎跟我下樓一下好嗎？」

我想波克威老師會因為菲鳳寫關於他姊姊的事大發雷霆，最糟的是菲鳳根本還不知道施谷太太是波克威老師的姊姊。我覺得我們好像要被帶去屠宰的羔羊。帶我們去吧，我暗想，帶我們去，給我們一個痛快吧。我們尾隨菲鳳的父親下樓，只見波克威老師坐在沙發上，手裡拿著菲鳳的日記，臉色尷尬。

「那是我私人的日記，」菲鳳說：「裡面都是我私人的想法。」

「我知道，」波克威老師說：「所以我想道歉，我不該把日記念出來。」

道歉？總算讓人安心了。屋裡安安靜靜，甚至能聽見外面樹葉被風吹落的聲音。

波克威老師咳了一聲，說道：「我想解釋一下。施谷太太是我姊姊。」

「你姊姊？」菲鳳說。

「還有她丈夫死了。」

「我想也是。」菲鳳說。

「但她沒有殺害他。」波克威老師說：「一個酒駕的人撞上她丈夫，出車禍死了。我母親，就是松基太太，當時也在施谷先生的車上。她沒有死，卻失去了雙眼。」

「噢……」我說。菲鳳緊盯著地板。

「我姊夫和母親被送進醫院的時候，我姊姊瑪格麗特正好在急診室值班。她丈夫當晚就過世了。」

波克威老師說話的時候，菲鳳的父親始終坐在她身邊，手搭著她的肩。好像就因為他的手放在那裡，才讓菲鳳不至於煙消雲散，消失無蹤。

「我只是希望妳知道，」波克威老師說：「施谷先生不是埋在他們家後院。菲鳳，我剛剛得知妳母親出走的事，我很遺憾，但我可以向妳保證瑪格麗特沒有綁架或殺害她。」

波克威老師走後，我和菲鳳坐在門廊上。菲鳳說：「如果施谷太太沒有綁架或殺害我媽媽，那她到底在哪裡？我能做些什麼？我應該上哪去找？」

「菲鳳，」我說：「有件事我得告訴妳。」

「妳聽著，小莎，如果妳要跟我說她不會回來，那我不想聽。妳還不如馬上回家去。」

「我知道那個瘋子是誰了。他是畢克警長的兒子。」

於是我們想出一個計畫。

當晚在家時，我滿腦子都是施谷太太。我看見她穿著白色制服，在急診室工作。我看見一輛救護車閃著藍燈駛來，她快步走向雙邊推門，滿頭亂髮框住她的臉。我看見擔架床被推進門內，我看見施谷太太低頭看著患者。

我可以感覺到當她發現躺在那裡的是自己的丈夫與母親，心是如何瘋狂亂跳。我想像施谷太太伸手去摸丈夫的臉。我就好像穿上她的麂皮靴似的，心也同樣怦怦跳，雙手也同樣冒汗。

我不禁好奇，在那之後，悲傷鳥是否在施谷太太的髮間築了巢？若是的話，她又是怎麼擺脫牠們的？丈夫去世、母親眼盲，都算是人的一生中關係重大的事件。我看見其他每個人自顧自忙著自己的時程時，施谷太太則手忙腳亂試圖保住丈夫與母親的性命。她有任何悔恨嗎？她是否在井枯前就知道水的價值呢？

那些紙條已經侵入我的大腦，影響了我看待事情的方式。

「妳睡了嗎，奶奶？」我問道，聲音因為說了太多話而沙啞。

「還沒呢，寶貝兒，不過妳睡吧。我還要再躺一會兒，想想事情。」她用手肘撞撞爺爺。「你忘了說新床那句話。」

爺爺打了個呵欠。「抱歉，傻瓜蛋。」他便拍拍床，把話說了。

34 ✦ 老忠實

接下來那一天很可能是爺爺奶奶一生中最美好的一天，卻也肯定是最糟的一天。呢喃聲早早便喚醒我，今天是第六天，隔天就是媽媽的生日。我們必須離開懷俄明，穿越蒙大拿。爺爺已經起床，但奶奶仍躺在床上，呆望著天花板。「妳有睡嗎？」我問道。

「沒有。」她說：「我不想睡。我可以晚一點再睡。」她爬下床。「我們去看那個老忠實吧，為了看它我已經等了一輩子。」

「妳心意真的很堅定哦？妳這個頑固的傻瓜蛋。」爺爺說。

「那可不。」奶奶說。

我們停好車爬上一座矮山，我擔心奶奶會覺得失望，因為一開始看起來並不怎麼樣。小山側面的一座土丘周圍拉起了繩子，地面有稀疏的土，繩子圍起的範圍中央有個洞，距離約六公尺遠。

「真是的，」奶奶說：「我們就不能靠近一點嗎？」

我和爺爺走到一旁，閱讀一塊關於老忠實的解說牌。有個公園巡查員從我們身邊跑過去，一面高喊：「太太！太太！」

「么命啊。」爺爺說。

奶奶正要從繩子底下鑽過去，被巡查員制止了。「太太，會拉這條繩子是有原因的。」他說。

奶奶拍去衣服上的塵土。「我只是想看清楚一點。」

「放心，」巡查員說：「妳會看得很清楚。請待在繩子外面。」

解說牌上說老忠實每十五分鐘會噴發一次。愈來愈多人圍聚到繩索邊，各個年齡層都有，有哭鬧的小寶寶，有坐在摺疊矮凳上的老奶奶，有戴著頭罩式耳機的青少年，有互相親嘴的情侶。也有不是說英語的人——我們旁邊有一個義大利旅行團，對面則是一團德國遊客。

奶奶不停的互敲指尖，興奮之情逐漸高漲。「時間到了嗎？」她一問再問：「時間到了嗎？」

在老忠實即將噴發的幾分鐘前，群眾紛紛安靜下來，每個人都盯著洞口，凝神傾聽。

「時間到了嗎？」奶奶問。

這時傳來一個細微聲響，洞口噴出一小滴水。站在我旁邊的男人說：「嗄，就這樣嗎……」又響起一聲，這回大聲了些，吱吱喳喳，好像走在碎石上面。同時噴了兩下。「噢……」那男人說。

接著便彷彿水箱的水沸騰外溢，或是茶壺的蓋子噴飛一般。老忠實嘶嘶冒出蒸氣，水驀地噴射而出，大概有一公尺高。

「噢……」男人說：「就這樣嗎……」

更多的蒸氣嘶嘶作響沸騰噴發，一片巨大無比的水霧往上翻湧，不斷爬升再爬升，水量也愈來愈多，到最後就像一整條河射向天空。「看起來好像倒掛的瀑布喔！」奶奶說。這整段時間裡嘶嘶響聲震耳欲聾，我敢發誓我們腳底下的地面也發出隆隆聲並微微顫動。溫熱的水霧飄了過來，大家都開始後退。

除了奶奶之外。她站在原地咧著嘴笑，仰頭面向水霧，直直注視著噴泉。「哇，」她說：「哇，好耶，好耶！」她對著天空與噪音大喊。

爺爺並未看著老忠實。他在看奶奶。他用兩手環抱住她。「妳喜歡這座老間歇泉，對吧？」他說。

「呵！」奶奶說：「是啊，我喜歡。」

我旁邊那個男人目瞪口呆的看著老忠實。「天哪，」他說：「天哪，好壯觀。」

老忠實慢慢停歇下來。我們看著它恢復原狀退回洞裡。即使其他人都離開後，我們仍站在那裡。最後奶奶才終於嘆了口氣說：「好了，我們走吧。」

我們坐上車正要離開，奶奶忽然哭起來。「么命啊……」爺爺說：「怎麼啦？」

奶奶吸吸鼻子。「沒事。能看到老忠實，我實在太高興了。」

「妳這個老傻瓜蛋。」爺爺說著便出發。「我們會輕鬆順利通過蒙大拿，」爺爺又說：「今天晚上就會到達哎——滴——嗬的州界。妳們看著好了。我要把油門踩到底……」他踩下油門，加足馬力駛出停車場。「哎——滴——嗬，我們來啦。」

35 ✦ 計畫

一整天下來，我們壓著馬路穿越整個蒙大拿。在地圖上看起來沒那麼遠，但沿路全都是高山。我們從落磯山腳下出發離開黃石，整天爬上爬下，有時候道路沿著懸崖邊蜿蜒而行，只有一道微不足道的欄杆隔在我們與峭壁之間。轉過彎道時，則經常迎面碰上一輛露營拖車甩動寬闊車身準備過彎。

「這些路真是不得了，」爺爺說，像個騎上竹馬的小孩。「喲嗬，往前衝啊。」他大聲鼓舞著車子上山。「嘿哈。」飛快下山時他又喊道。

我覺得自己好像撕裂成兩半。一半的我看風景看得入迷。我不得不承認這裡就跟白班克斯一樣美——或甚至更美。有樹木、岩石與高山，有河流和花朵，有鹿和麋鹿及兔子。這是個不可思議的地區，是個巨無霸地區。

但另一半的我宛如一堆顫顫巍巍的果凍。我可以看見我們的車衝出護欄，墜落山崖。每一接近轉彎處，我都可以看見我們與一輛卡車或露營車撞個正著。每當看到一輛巴士，我都會盯著它的車身搖晃，車輪緊貼著道路邊緣的碎石地危險的轉動。我會盯著它往前衝，快速壓過馬路，視那些彎道如無物。

奶奶安靜的坐著，兩手交疊放在腿上。我以為她會睡覺，尤其是昨晚還熬夜，但她沒睡。她想聽灰鳳的故事。於是這一整天，我一面看風景、一面想像我們出了上千次車禍、一面在心底對每棵呼嘯而過的樹暗暗祈禱，還一面說著灰鳳的故事。我想說上一整天，我想說完。

波克威老師出現在菲鳳家並告訴我們關於施谷太太的事那天，我和菲鳳將我們的計畫付諸實行。我們要去追蹤畢克警長的兒子，同時——照菲鳳的想法——找到菲鳳母親的下落。我沒把握畢克警長的兒子是個瘋子，也不太相信他會帶我們找到菲鳳的母親，不過菲鳳已經將夠多的天方夜譚移植到我的大腦，所以我就一頭栽進這個計畫裡。和菲鳳一樣，我也準備要採取一些行動。

在學校裡，我們幾乎整天都坐立不安，菲鳳尤其按捺不住。她也很擔心，唯恐找到人時她母親已經死去，而我也開始生出同樣的憂懼。

學校的同學都還在嘰嘰喳喳討論日記的事，每個人都想知道寫謀殺事件的人是誰。艾利克斯躲著瑪莉．露，因為她說他是個粉紅呆瓜，而瑪莉．露躲著貝絲．安，因為貝絲．安寫了關於雞肉之吻。梅根和克莉絲蒂嘲弄貝絲．安說：「妳真的跟瑪莉．露說接吻味道像雞肉？她真的相信？」她們也嘲笑我，「妳真的去親樹？妳難道不知道應該去親男生？」

上英文課時，大夥兒都纏著波克威老師要他念昨天沒念完的那篇日記，就是關於施提太太和屍體的那篇，但波克威老師不再念任何一篇日記，反而道歉說他不該念出個人私密的想法而傷害了大家。接著他讓我們去圖書館。

到了那裡，班恩老是跟著我。我看小說區，他就在我旁邊。我轉到雜誌區，他也在那裡翻雜誌。有一次，他的臉碰到我的肩膀，我知道他肯定是想親我，這我知道，但一點辦法也沒有。每當他嘴巴朝我的方向湊過來，我都剛好移開身體，這我也無計可施。我需要一點提示。

我試著連續幾分鐘保持不動，在這段時間裡，我注意到班恩有幾次微微傾身過來，但是每一次又會縮回去，好像被人用隱形的線牽制一般。

貝絲．安從圖書館的另一頭喊道：「小莎，有蜘蛛……小莎啊，趕快弄死牠！」

最後一堂下課鈴聲響起，我和菲鳳就像子彈似的飛射出學校。到了菲鳳家，我們開始翻找電話簿。「動作得快點，」菲鳳說：「要趁曉心或是我爸回來以前。」電話簿裡有六個姓畢克的人，我們一一打去，每次都說要找畢克警長。前兩通，對方說我們打錯電話，第三通忙線中。第四通無人接聽。第五通是個女人接的電話，她沒好氣的說：「我不認識什麼警長！」

第六通接電話的是個上了年紀的男人，他想必是很寂寞，一開口就停不下來，嘮嘮叨叨的說他打仗時認識一個福里曼班長，但那已經是一九四四年的事，另外他還認識一個邦茲班長和一個多狄班長，就是不認識什麼畢克警長。

「現在要怎麼辦？」菲鳳哀號道：「曉心隨時都可能回來，我們卻還不知道哪個才是我們要找的畢克。」

方才忙線中的電話號碼仍然忙線中。沒人接的那個也依然響個不停，正當菲鳳打算掛斷，忽然聽到一個聲音。「喂？」她說道：「請問畢克警長在嗎？」她暫停片刻聆聽著。「他還在工作嗎？」菲鳳上蹦下跳的。「謝謝你。」她盡可能以嚴肅的語氣說。「那我晚點再打。不，不用留話。謝謝。」

「耶！」她掛斷時歡呼道：「耶，耶，耶！」她緊緊抱得我差點喘不過氣。「第二階段由妳上場。今天晚上。」

當晚，爸爸去瑪格麗特家時，我打電話到畢克家。我暗自祈禱別是畢克警長接電話，但萬一是他，我已準備好偽裝聲音。電話響了又響，我便掛斷。我將聲音與說話內容演練一遍後，又重撥一次。響到第七聲，有人接起了電話，是畢克警長。

「我叫蘇珊・朗費羅。」我說：「我是你兒子的朋友。能不能請他聽電話。」

我不斷祈禱他只有一個兒子。

「他不在家，」畢克警長說：「妳要不要留個話？」

「你知道他什麼時候會在家嗎？」

他略一停頓。「妳是怎麼認識我兒子的？」

這讓我緊張起來。「我怎麼認識你兒子的？這個嘛，說來話長……我……基本上，我之所以認識他是……老實說，這事說起來有點不好意思，」我手心不停冒汗，幾乎拿不住電話，「在圖書館，沒錯，我跟他是在圖書館認識的。他借給我一本書，沒想到我把書弄丟了……」

「也許這些話妳應該向他解釋，」畢克警長說。

「是的，也許我應該這麼做。」

「我不懂的是他為什麼給妳這個號碼，」他說：「他為什麼沒有給妳學校的號碼？」

「學校？其實，是這樣的，他好像也有給我那個號碼，只是我弄丟了……」

「妳弄丟的東西還真不少，」他說：「要不要給妳他學校的號碼？」

「好啊，」我說：「或者你給我他的地址會更好，我可以直接把書寄給他。」

「妳不是說書弄丟了？」

「喔，是啊，但我希望找得到。」我說。

「原來如此，」他說：「妳等一下。」他用手摀住聽筒暫停片刻，同時高喊：「親愛的，麥可的地址在哪？」

麥可！好極了！知道名字了！我覺得自己好像督察長！覺得自己好像剛剛查獲本世紀最大刑案偵查行動中最重要的線索。不僅如此，畢克警長還給了我麥可的地址。結束談話前，我實在好想告訴畢克警長說他兒子可能是個瘋子，但終究忍了下來。我謝過他之後，立刻打給菲鳳。

「妳太了不起了！」她說：「明天我們就去抓那個瘋子麥可。」

36 ✦ 造訪

翌日，星期六，當我和菲鳳到達巴士站，班恩已經站在那裡。「唉，討厭，」菲鳳喃喃說道：「你在等這班巴士？你要去歌瀑鎮？」

「對了。」他說。

「去大學？」

「不是。」班恩撥開掉落在眼前的頭髮。「那裡有一間醫院，我要去探病。」

「所以你要搭這班巴士？」菲鳳問。

「是的，飛飛蜂，我要搭這班巴士。不行嗎？」

我們三人坐在巴士最後面的長椅，我坐在菲鳳和班恩中間，他的手臂和我緊緊相貼。菲鳳說我們要去找一個老朋友，在那裡上大學。每當車子轉彎，要不是班恩靠向我就是我靠向他。「抱歉。」他說。「抱歉。」我說。

到了歌瀑，我們站在人行道上，巴士轟隆隆駛離。「大學在那裡……」班恩指向道路另一頭。「掰了。」然後他便往另一頭走開。

「天啊，」菲鳳說：「為什麼班恩就剛好搭同一班車？害我緊張死了。」也害我很緊張，但原因不同。現在每次和他在一起，我的皮膚都會刺刺麻麻，腦子裡嗡嗡作響，血液也像在火上滷煮一樣蹦跳著。

我們拿到的麥可．畢克的地址是大一新生宿舍。那是一棟三層樓磚造建築，有數百個窗戶。「不會吧，」菲鳳哀嘆：「我以為應該是一棟小房子之類的。」學生進進出出宿舍，穿越草地。有些人坐在草地上或長椅上讀書。宿舍大廳有個接待櫃台，後面站著一個英俊的年輕人。「妳去，」菲鳳說：「我實在沒辦法。」

我們倆就像豌豆田裡的酸黃瓜一樣格格不入。四下全是這些成年的大學生，我們兩個十三歲的小女生卻攙和在裡頭。菲鳳說：「我真該穿別件衣服。」她邊說邊挑毛衣上的小毛球。

我向櫃台的人說我要找表兄，麥可．畢克。那個年輕人露出大大的微笑與一口白牙。他查了名冊後說：「妳來對地方了。209室。直接上去就好。」

菲鳳差點嗆到。「你是說我們可以直接去他的房間？」

「當然，」年輕人說：「從那邊去。」他手比了一下。

我們走過雙向推門。菲鳳說：「真的，我心臟病快發作了，我知道。我做不到，我們還是走吧。」到了走廊盡頭，我們從出口溜了出去。「萬一我們去敲他的門，他開門以後把我們拉進去割斷我們的喉嚨，那怎麼辦？」

草坪上有大批大批的學生走來走去。我找到一張空長椅可以坐。在草坪的另一端，我看見兩個人的背影，一個年輕男子和一個年紀較大的女子。他們牽著手，女子轉向男子親吻他的臉頰。

「菲鳳……」坐在那張長椅上的是菲鳳的母親，而她正在親那個瘋子。

37 ✦ 吻

菲鳳驚愕又氣憤，但她比我勇敢。她能定睛注視，我卻不能。我猜想菲鳳會跟著我，但並未回頭確認。我沿街往前衝，試著回想巴士站的位置，直到看見醫院才發覺自己想必是錯過了。我急忙閃進去，這才愕然驚覺菲鳳不在後面。

我接下來的舉措純粹是一時衝動，單憑直覺。我詢問醫院服務台人員，說我想探望費尼太太。她翻翻名冊，說道：「妳是家屬嗎？」

「不是。」

「那妳恐怕不能上樓。」她說：「費尼太太住的是精神病房，只有家屬能探視。」

「我是要找她兒子，他來這裡探病。」

「也許他們到外面去了，妳可以到後面去找找。」

醫院後面有一片寬闊的草地斜坡，周邊毗連花園。草坪上散布著長短不一的椅子，大部分都坐著病患與訪客。這幅景象與我剛剛離開的大學相差無幾，只不過這裡沒有人在讀書，而且有些人穿著睡袍。

班恩盤腿坐在地上，面前有個穿粉紅長袍的女人，手裡正玩弄著衣帶。我穿過草坪時，班恩看見了，隨即站起來。「這是我媽媽。」他說。我打了聲招呼，但她沒有看我，反而起身漫無目的在草坪上走著，彷彿我們並不存在。我和班恩跟隨在後。

她這樣子實在太像從醫院回來以後的媽媽。媽媽會在屋裡做事做到一半忽然停下來，走到外面。爬坡爬到一半，她會坐下來喘口氣，拔幾根草之後又起身，再走遠一些。有時候媽媽會進穀倉去，拿桶子裝雞飼料，但還沒走到雞舍，就放下桶子往另一個方向去。若是能走更遠，媽媽會以蜿蜒交織的路線越過田野與草地，彷彿無法決定該走哪條路。

我們跟著班恩的母親在草坪上來回往返，但她似乎始終沒注意到我們的存在。最後我說我得走了，事情也就在此時發生。

我們倆在短暫的瞬間有了相同時程。我看著他，他也看著我，兩人的頭一起往前。想必是慢動作吧，因為有那麼一剎那，我想起波克威老師那張兩個人頭面對面、中間夾著花瓶的畫。我倏地閃過一個念頭：我們中間能放進一個花瓶嗎？

假如真有一只花瓶，也會被我們壓碎，因為我們的頭完全貼在一起，嘴脣的位置恰到好處，就在對方的嘴脣上。這是個如假包換的吻，味道不像雞肉。

接著我們的頭慢慢往後挪移，目光注視著草坪另一端，我自覺有如那頭什麼都不知道卻什麼都感覺得到的新生小馬。

班恩摸摸嘴脣說：「妳會不會覺得這味道有點像黑莓？」

38 ✦ 吐口水

我故事說到這裡，奶奶插嘴道：「啊，對了、對了、對了！我等這個吻已經等了好多天。我最喜歡故事裡面有一些美好的吻。」

「她真是個傻瓜蛋。」爺爺說。

我們風風火火的疾馳而過蒙大拿。我不敢拿地圖查看進度，我不想發現我們無法及時趕到。我心想，只要我繼續說話、暗自禱告，只要我們繼續沿著這些山路前進，就還有機會。

奶奶說：「可是灰鳳呢？她媽媽親吻那個瘋子，結果呢？我不太喜歡那個吻，我喜歡的是另一個——和班恩那個。」

我在巴士站看見菲鳳坐在長椅上。「妳去哪了？」她問道。

我沒有跟她說見到班恩和他母親的事。我是想說，卻說不出口。「我好害怕，菲鳳，我沒法再待在那裡。」

「我還以為妳比較勇敢呢。」她說：「不過也無所謂了。什麼都無所謂。我受夠了。」

「發生了什麼事？」

「沒事。他們就坐在那張長椅上享受溫馨愉快的時光。我要是能像妳那樣丟石頭，我會拿石頭砸他們兩個的後腦勺。妳有沒有注意到我媽的頭髮？她剪掉了，剪得短短的。妳知道她還做了什麼嗎？她說話說到一半，竟然彎身往草地上吐口水。吐口水耶！真噁心。還有那個瘋子，妳知道我媽吐口水以後他做什麼嗎？他笑了。然後他彎下身，也吐了口水。」

「他們為什麼要那麼做？」

「誰知道？我受夠了。我媽媽想待下來就待下來吧，跟我無關。她不需要我。她不需要我們任何一個人。」

搭巴士回家的一整路上，菲鳳都是這個樣子，心情盪到了谷底。回到菲鳳家時，她爸爸正好駛進車道。曉心從屋裡跑出來說：「她打電話了，她打電話了！媽打電話了！她要回家了。」

「太好了！」菲鳳嘟噥一聲。

「怎麼了，菲鳳？」她父親問道。

「沒事。」

「她明天就回來，」曉心說：「可是……」

「怎麼了嗎？」她父親問：「她說什麼了？」

「她口氣很緊張。她想跟你談……」

「她有沒有留電話？我可以打給她……」

「沒有，她什麼號碼都沒留。她叫我跟你說不要妄下結論。」

「那是什麼意思？」她父親說：「不要對什麼妄下結論？」

「不知道，」曉心說：「喔，對了！最最重要的是，她說她會帶一個人回來。」

「這下好了，」菲鳳說：「好得不能再好了。」

「菲鳳……」她父親說：「曉心……她有沒有說要帶誰回來？」

「說真的，我不知道。」

「她有沒有提到任何關於這個人的事？有沒有說到名字？」他愈來愈焦躁。

「沒有啊，」曉心說：「她沒有說名字，只說要帶一個男的回來……」

「男的？」

菲鳳看著我。「我的老天。」她說著便進屋去，砰一聲關上門。

我不敢相信。她不打算將她看見的告訴父親嗎？我自己都急著告訴爸爸急得快爆炸了，不料到家時，看見他和瑪格麗特坐在門廊上。

瑪格麗特說：「我弟弟跟我說妳是他英文課的學生。真想不到。」她想必已經告訴爸爸，因為他並不顯得吃驚。「他是個很棒的老師，妳喜歡他嗎？」

「大概吧。」我不想談這件事。我希望瑪格麗特立刻消失。

我只好等她回家以後才告訴爸爸菲鳳母親的事，他聽完後只說：「這麼說，溫彼古太太要回家了。那很好。」然後他走到窗邊，凝視窗外許久許久，我知道他在想媽媽。

那一整個晚上我都想著菲鳳、曉心和溫彼古先生。隔天，當溫彼古太太和那個瘋子親親密密的走進來，他們的世界似乎即將分崩離析。

39 ✦ 返家

第二天早上，菲鳳來電求我過去一趟。「我沒辦法忍受，」她說：「我想要一個證人。」

「什麼證人？」

「我就是想要一個證人。」

「妳有沒有跟妳爸爸說？關於妳媽媽和……」

「妳在開玩笑吧？」菲鳳說：「妳應該看看他的樣子。他和曉心從昨天晚上到今天早上都在打掃家裡。他們刷地板和浴室，擦灰塵擦得像上癮似的，還洗衣服、燙衣服、吸地。後來仔細看看之後，我爸說：『這樣看起來可能太乾淨了，媽媽會覺得沒有她我們也能過得去。』於是他們就開始弄亂東西。他很氣我不肯幫忙。」

我並不想當什麼證人，但因為前一天臨陣脫逃心裡過意不去，也就答應了。

到了她家，發現菲鳳、溫彼古先生和曉心坐在那裡大眼瞪小眼。

「她沒說什麼時候回來嗎？」溫彼古先生問。

曉心說：「沒有，她沒說，拜託你別再一副好像她沒多說點什麼都是我的錯似的。」

溫彼古先生整個人失魂落魄。一下子跳起來擺正抱枕，重新坐下，不一會兒又跳起來弄亂抱枕。一下子跑到院子裡不停繞圈。他還換了兩次襯衫。

「希望你不介意我待在這裡。」我說。

「我為什麼要介意呢？」溫彼古先生說。

我正暗忖他們可能會徹底發瘋之際，一輛計程車在屋外停下。「我沒辦法看。」溫彼古先生說著逃進廚房。

「我也沒辦法。」菲鳳說完也跟著父親跑開，我則跟在菲鳳後面。

「唉，天哪，」曉心說：「大家是都怎麼了？能見到她，你們不覺得興奮嗎？」

我們在廚房聽見曉心打開前門，聽見溫彼古太太說：「呵，親愛的……」溫彼古先生擦了擦流理台。我們聽見曉心倒抽一口氣，她母親說道：「我跟妳介紹一下，這位是麥可。」

「麥可？」溫彼古先生說。他一臉紅通通，我很慶幸屋裡沒有斧頭，否則他十有八九會掄起斧頭衝向麥可。

菲鳳說：「爸，你別太衝動……」

「麥可？」他重複一遍。

溫彼古太太喊道：「喬治？菲鳳？」我們聽見她對曉心說：「他們人呢？妳沒告訴他們我們要來嗎？」

溫彼古先生深吸一口氣。「菲鳳，我想妳和小莎不太適合留下來。」

「你開什麼玩笑？」菲鳳說。

他又深呼吸一口。「好吧。」他說：「好吧，我們走。」他直挺挺站起身來，走進客廳。我和菲鳳尾隨在後。

說老實話，我覺得菲鳳差點就昏死在地毯上。原因有二，第一是溫彼古太太外表變得不一樣，頭髮不僅剪短還十分時髦。而且她塗了口紅、眼影和些許腮紅，穿著打扮也是我前所未見（以前的她總是白T恤、藍色牛仔褲搭黑色平底鞋）。耳朵底下則垂掛著細細的銀圈耳環。她看起來美極了，卻不像菲鳳的母親。

我認為菲鳳差點昏死過去的第二個原因是麥可・畢克，也就是菲鳳視為瘋子的那個人，就在她自家客廳裡。心裡知道他要來是一回事，親眼見到他站在面前又是另一回事。

我不知道該作何感想。有一度我心想，也許麥可真的綁架了溫彼古太太，如今帶她回來索取贖金，又或者他打算把我們全部一起幹掉。但我不斷想起前一天看見他們在一起的情景，再說，溫彼古太太的狀況看起來太好了，不像遭到挾持。她確實顯得驚恐，但不是因為麥可。她害怕的似乎是她丈夫。

「爸，」菲鳳低聲說：「他就是那個瘋子。」

「菲鳳。」她母親喊了一聲，十指緊壓她的臉頰，見她做出這熟悉的動作，菲鳳彷彿心碎成千萬片。溫彼古太太摟住菲鳳，但菲鳳並未回抱她。

溫彼古先生說：「諾瑪，我希望妳好好解釋一下，這是怎麼回事。」他盡可能保持語氣沉穩，聲音還是微微打顫。

曉心直盯著麥可，似乎覺得他很英俊，她撥了一下頸後的頭髮。

溫彼古太太試圖擁抱溫彼古先生，但他掙脫開來。「我認為妳有必要給個解釋。」他說話時也盯著麥可。

她愛上麥可了嗎？他看起來太、太年輕了——比曉心大不了幾歲吧。

溫彼古太太坐到沙發上哭了起來。那是個糟透了的時刻。一開始難以明白她在說些什麼。她說到面子問題，說溫彼古先生恐怕永遠不會原諒她，但她已經受夠了這麼死要面子。這些年來她非常、非常努力想做得完美，但她不得不承認自己很不完美。她說有件事她一直瞞著丈夫，很怕他不會原諒她。

溫彼古先生雙手在顫抖，一語未發。溫彼古太太作勢要麥可過去坐在她身旁。溫彼古先生清了幾次喉嚨，卻依然未置一詞。

溫彼古太太說：「麥可是我兒子。」

溫彼古先生、曉心、菲鳳和我異口同聲的說：「妳兒子？」

溫彼古太太注視著丈夫。「喬治，我知道你會覺得我很丟臉，至少以前是，但那是在我認識你以前。我放棄了他，他被人收養，一想到這件事我就心痛不已，而且……」

溫彼古先生說：「丟臉？丟臉？去他的丟臉！」溫彼古先生平常不會說這種難聽話。

溫彼古太太站起來。「麥可找到了我，一開始我很害怕，不知道這意味著什麼。我原本過著那麼微不足道的生活……」

菲鳳拉起父親的手。

「……我不得不暫時離開，把事情想清楚。我還沒有見到麥可的養父母，不過我和麥可花了很多時間長談，我一直在想……」

麥可低頭看著自己的腳。

「妳要離開我們嗎？」溫彼古先生問。

溫彼古太太露出彷彿挨了一巴掌的表情。「離開？」

「我是說再一次。」溫彼古先生說。

「除非你想要我走。」她說：「除非你再也無法忍受這麼丟臉的……」

「我說了，去他的丟臉！」溫彼古先生說：「現在還說什麼丟不丟臉的。我關心的不是面子問題，我比較在乎妳竟然什麼都不能……或是不肯告訴我。」

麥可起身。「我就知道行不通。」他說。

溫彼古先生說：「我對你沒有任何不滿，麥可——我只是不認識你。」他看著妻子說：「我覺得我也不認識妳。」

我真希望自己是隱形人。屋外，樹葉紛紛落地，我悲傷不已，悲傷入骨。我為菲鳳和她的父母、曉心還有麥可悲傷，我為即將枯死的樹葉悲傷，我為自己也為我失去的某樣東西悲傷。

我從窗口看見松基太太站在菲鳳家門前的走道上。

溫彼古先生說：「我們全都需要坐下來好好談談，也許能理出點頭緒。」接著他做了一個我認為十分高貴的舉動。他走向麥可與他握手，說道：「我確實一直覺得家裡多一個兒子應該不錯。」

溫彼古太太看似鬆了口氣。曉心看著麥可微笑。菲鳳則像木頭人一樣站在一旁。

「我還是走好了。」我說。

每個人都轉向我，好像我剛剛從屋頂上掉下來。溫彼古先生說：「小莎，對不起，真的對不起。」接著又對麥可說：「小莎就像另一個家人一樣。」

溫彼古太太說：「妳在生我的氣，對不對，菲鳳？」

「對，」菲鳳說：「當然。」菲鳳抓著我的衣袖拉我往門口走。「等你們決定好，看看這個家裡到底有多少人，再告訴我。」

我們剛跨上門廊，正好瞧見松基太太在階梯上放了一只白色信封。

40 ✦ 禮物

菲鳳的故事說到這裡，爺爺大喊一聲：「哎——滴——喃！」似乎正是時候。我們身在高山上，剛剛越過蒙大拿州界進入愛達荷。我頭一次有信心，覺得應該能在明天——八月二十號，媽媽的生日當天抵達劉易斯頓。

爺爺建議我們繼續趕往科達倫，約莫還要一小時，然後在那裡過夜。從那裡往南約一百六十公里就是劉易斯頓，輕輕鬆鬆一個上午便能到達。「妳覺得怎麼樣，傻瓜蛋？」奶奶身子沒動，頭緊貼椅背，雙手交疊於腿上。「傻瓜蛋？」奶奶說話時，可以聽見她胸腔裡有喀喇喀喇的聲音。「唉，好啦。」她說。

「傻瓜蛋，妳還好吧？」

「我有點累。」她說。

「我們很快就會讓妳躺到床上。」爺爺回頭瞥我一眼，面露憂色。

「奶奶，妳要是想現在停下來也沒關係。」我說。

「不要啊，」她說：「我今晚想睡在科達倫。妳媽媽從科達倫寄來一張明信片，上面有一大片的藍色湖水。」她說完咳了好一陣子，喉嚨裡好像很多痰。

爺爺說：「那好，大片的藍色湖水，我們來啦。」

奶奶說：「灰鳳的媽媽回家了，我好高興。希望妳媽媽也能回家。」

爺爺大概點了五分鐘的頭，然後遞給我一張面紙，說道：「跟我們說說松基太太吧。她在菲鳳家的門廊上留個么命的信封幹麼？」

那正是我和菲鳳想知道的。「妳想要什麼東西嗎，松基太太？」我問道。

她以手掩口，「呃」了一聲。

菲鳳一把搶過信封撕開，大聲念出紙條內容：「批判一個人之前，先穿上他的麂皮靴走過兩個滿月。」

松基太太轉身離去。「掰掰。」她說。

「松基太太，」菲鳳喊道：「這句我們已經有了。」

「妳說什麼？」松基太太問。

「是妳，對不對？」菲鳳說：「是妳偷偷摸摸留了這些紙條的，對不對？」

「妳喜歡嗎？」松基太太問道。她站在人行道中央，仰頭向著我們，那一臉好奇的表情活像個調皮小孩。「瑪格麗特每天會讀報紙給我聽，要是聽到好的句子，我就叫她寫下來。真抱歉，原來已經給過妳麂皮靴這句，我這腦袋瓜忘了。」

「可是妳為什麼要放在這裡呢？」菲鳳問。

「我想這樣可以給妳一個宏妙的驚喜——就像幸運籤餅那樣，只不過我沒有餅乾可以把紙條放進去。不管怎麼樣，妳喜歡嗎？」

菲鳳望著我許久，接著走下階梯，說道：「松基太太，妳是什麼時候遇見我哥哥的？」

「妳說妳沒有哥哥，」松基太太說。

「我知道，可是妳說妳遇見他了。那是什麼時候的事？」

她敲敲頭。「腦袋瓜呀，好好想想。哎呀，有一陣子了。一個禮拜嗎？還是兩個禮拜？他搞錯了跑到我家來，他讓我摸他的臉，所以我才以為他是妳哥哥。他的臉和妳很像。很獨奇吧？」

菲鳳說：「就跟最近發生的這些事一樣獨奇。」松基太太踩著蹣跚步伐回家時，菲鳳說：「這是個獨奇的世界，小莎。」她走過草地，往街上啐了一口，說道：「來吧，試試看。」我也往街上啐一口。「妳覺得怎麼樣？」菲鳳問。我們又都啐了一口。

聽起來或許噁心，但老實說，吐這幾口口水讓我們獲得無上的樂趣。我猜我永遠無法解釋原因，但不知為何，當下似乎是做這件事最恰當的時機。當菲鳳轉身進屋，我知道那也是她該做的事。

於是我帶著吐口水的勇氣去見瑪格麗特．施谷，與她促膝長談，我因此得知她與爸爸相識的過程。與她交談很痛苦，我甚至當著她的面哭了，但事後我才明白為什麼爸爸喜歡和她在一起。

我回到家時，發現班恩坐在前門階梯上。他說：「我帶了一樣東西來給妳。在後面。」他帶我繞過屋子，只見小小草地上有一隻雞昂首闊步著。我長這麼大，第一次因為看到雞而如此高興。

班恩說：「我替牠取了名字，不過妳要是想改也可以。」

我問他雞叫什麼名字時，他傾身向前，我也向前傾身，我們再次接吻，一個戲劇性的吻，一個完美的吻。接著班恩說：「牠的名字叫黑莓。」

「噢，」奶奶說：「灰鳳的故事到此結束了嗎？」

「是的，」我說。其實不算是吧，我想，因為還可以再多說一點。我可以再說說菲鳳慢慢習慣了有個哥哥，習慣了她的「新」媽媽，等等一切，但即使當我們穿越山林的此時，這部分都還是進行式。那完全是另一個故事了。

「我喜歡灰鳳的故事，幸好結局不是太悲傷。」

奶奶閉上眼睛，接下來一個小時，爺爺駛向科達倫的途中，我和他都豎耳傾聽奶奶咻咻作響的呼吸聲。我看著她動也不動躺靠在那裡，一派安詳。「爺爺，」我小聲說：「她看起來有點蒼白，對不對？」

「是啊，寶貝兒，的確是。」他踩下油門，快速奔向科達倫。

41 ✦ 觀景台

到了科達倫，我們直奔醫院。看見湖的時候，爺爺曾試著喚醒奶奶。「傻瓜蛋？」爺爺喊道。她卻斜斜癱軟在位子上。「傻瓜蛋？」

醫生說奶奶中風了。她接受檢查時，爺爺堅持要陪在她身邊，但有位實習醫師企圖說服他打消這念頭。「她現在昏迷不醒，」實習醫師說：「你在不在這裡，她都不知道。」

「小夥子，我已經在她身邊五十一年，除了有三天她丟下我去找那個買蛋的之外。我要緊握著她的手，懂嗎？你要是想讓我放手，就剁掉我的手吧。」

他們只好讓他留下來。我在大廳等候時，有個男人牽著一頭老米格魯進來。服務台人員請他將狗留在外面。「丟下牠一個？」男人說。

我開口道：「我可以看著牠。我曾經養過一隻和牠一樣的狗。」我帶著老米格魯到外面去，當我在草地上坐下來，米格魯把頭擱在我腿上，以狗特有的方式低聲嘟噥。爺爺說過那是狗在打呼嚕。

我忍不住想，奶奶的中風是否和她被蛇咬到有關？爺爺又是否因為疾馳而下高速公路，在那條河邊停留而自責？如果我們沒去那條河邊，奶奶絕不會被那條蛇咬傷。接著我開始想起死在媽媽腹中的胎兒，如果我沒有爬上那棵樹，如果媽媽沒有背我，也許寶寶會活下來，媽媽也絕對不會離家，一切都仍會照常。

可是當我坐在那裡思索這些事，忽然想到人不能一直關在家裡面，像菲鳳和她母親最初那樣。人必須走出去，有所作為、看看世界，這時我第一次懷疑爺爺奶奶帶我出這趟門，會不會正是有此用意。

趴在我腿上的米格魯就像我們家的憂鬱藍調。我摩挲牠的頭，一面為奶奶祈禱。我想到憂鬱藍調生的一窩小狗。第一週，憂鬱藍調不讓任何人靠近那些小狗，牠把每隻小狗舔得乾乾淨淨，用鼻子磨蹭牠們。小狗眼睛還沒睜開，就吱吱尖叫著慢慢爬向母狗。

漸漸的，憂鬱藍調肯讓我們摸小狗，但仍目光鋒利的監視著，只要我們企圖將小狗抱離牠的視線，牠就會低聲咆哮。短短幾個星期，小狗便開始搖搖晃晃離開母親身邊，憂鬱藍調成天忙著將孩子們兜攏回來。可是等小狗約莫六週大，憂鬱藍調卻開始對牠們視而不見，還會厲聲吠叫，推開牠們。我跟媽媽說憂鬱藍調變得好壞。「牠討厭自己的孩子。」

「牠不是壞，」媽媽說：「那很正常。牠是要讓小狗斷奶。」

「一定要這樣嗎？為什麼不能讓小狗待在牠身邊？」

「這樣對牠或對小狗都不好。小狗要獨立才行。萬一憂鬱藍調出事了怎麼辦？小狗失去了媽媽，會不知道如何是好。」

我在醫院外面為奶奶祈禱時，心想媽媽前往愛達荷是不是就跟憂鬱藍調的行為一樣。或許有一部分是為了媽媽自己，有一部分是為了我。

米格魯的主人回來後，我重新進到醫院。過了午夜，有個護理師說我可以去看奶奶了。她躺在床上，動也不動，臉色灰白，嘴巴的一角流出些許口水。爺爺俯身在她耳邊輕聲細語。護理師說：「我想她聽不到你說話。」

「她當然聽得到。」爺爺說：「她永遠都聽得到我說話。」

奶奶的眼睛閉著，有一些管線從她的胸口連接到一台監視器，還有一條管子用膠帶黏在手上。我想抱她，叫醒她。爺爺說：「我們得在這裡待一陣子，寶貝兒。」他從口袋掏出車鑰匙。「拿去，如果妳需要到車上拿什麼東西的話。」他交給我一疊皺皺的鈔票。「如果妳需要用到的話。」

「我不想離開奶奶。」我說。

「唉呀，」他說：「她不會想要妳呆呆坐在這間破醫院裡。妳要是想跟她說什麼，可以在她耳邊小聲說，然後就去做妳該做的事吧。妳奶奶和我，我們哪都不會去，我們就待在這裡。」他對我眨眨眼。「妳小心點，寶貝兒。」

我彎下身子，附在奶奶耳邊小聲說了幾句後便離開了。我在車上研究地圖，接著靠向椅背閉上眼睛。爺爺知道我要做什麼。

鑰匙握在手裡冰冰冷冷的。我又研究了一下地圖。有一條彎曲的道路從科達倫直達劉易斯頓。我發動引擎、倒車、繞行停車場一圈、停車，最後關掉引擎。我算了算口袋裡的錢，再一次細看地圖。

人的一生中，有一些事情至關重要。

雖然駛出停車場時我怕得要命，但一上高速公路感覺就好些了，我慢慢的開，我知道該怎麼做。我向每棵路過的樹祈禱，而這一路上多的是樹。

這條路狹窄曲折，車輛不多。從科達倫到劉易斯頓山丘頂的一百六十公里路，我花了四個小時——在我看來，與其說是山丘倒更像高山。我把車停在山頂上的觀景台。下方遠處山谷便是劉易斯頓所在，蛇河從中蜿蜒流過。我與劉易斯頓之間隔著一條驚險萬狀的道路，髮夾彎來來回回直到山下。

我越過護欄凝望，尋找巴士的蹤跡，我知道它還在山坡底下的某處，但找不著。「我做得到，」我一次又一次對自己說：「我做得到。」

我駕著車緩緩重新上路。在第一個彎道處，心開始怦怦猛跳，冒汗的手心握著方向盤感覺很滑。我腳踩煞車龜速前進，只是山路折返的角度極大，下坡又陡，儘管踩著煞車，車速仍比我預期得快。過了那個彎後，我進入外側車道，也就是最靠近山崖那側的車道。崖壁陡峭，只偶爾豎著幾根立柱，拉起細細的繩索，用以標示道路邊緣。

道路曲折來回穿越山丘。我靠著山邊在內側車道開了半里路，覺得比較安全，然後又來到一處可怕的彎道，接下來半里路換到外側車道，幽暗傾斜的山坡不斷、不斷往下延伸。我來來回回前行：半里路安全，一個過彎，半里路走在懸崖邊上。

下山到了中途又有一個觀景台，在這裡分隔出另一條細窄的車道，我覺得比較不像供人觀賞風景用，而像是為了讓駕駛停下來穩定心神。我不禁好奇有多少人在這裡丟下車子，徒步走完剩下的路。我站在路邊俯瞰之際，有另一輛車也停到觀景台來。一個男人下車後站到我旁邊來，抽著菸問道：「其他人呢？」

「什麼其他人？」

「跟妳一起來的人啊，開車的人啊。」

「噢，」我說：「在附近……」

「去小便喔？」他說，我猜他指的是應該和我在一起的人。「晚上開這條路真夠瞧的，對吧？我每天晚上都要開，我在上面的普爾曼工作，但住在下面那裡……」他指向劉易斯頓的燈火與漆黑河水。「妳以前來過這裡嗎？」他問道。

「沒有。」

「看到那個了嗎？」他指著下方某一處。

我凝視著黑暗，隨後看見了折斷的樹梢與一條切穿雜樹叢、凹凸不平的小徑。小徑盡頭可以看到有個閃亮的金屬物體反射著月光。那正是我在找的東西。

「有一輛巴士從這裡衝下去……一年前左右吧。」他說：「就在那邊打滑，從最後一個彎道衝出來，滑到這裡這個觀景台，撞斷護欄，一路翻滾到那叢樹裡頭去。好慘。那天晚上我回家的時候，搜救人員還在拚命砍樹要到巴士那裡去。只有一個人活下來，妳知道嗎？」

我知道。

42 ✦ 巴士與柳樹

那人開車離去後，我鑽過護欄，爬下山坡，朝巴士的方向走去。東方天空呈現煙灰色，我很慶幸天就快亮了。這一年半來，當時劈砍出的小徑又重新長出樹來了。露溼的蔓生樹枝在我腿上又打又刮，還隱匿了崎嶇不平的地面，害我絆了好幾跤，往下摔倒滑落。

巴士像隻生病的老馬側躺著，破碎的車頭燈哀戚的凝視著周遭樹木。巨大的橡膠車輪大多都被刺破了，奇形怪狀的扭纏著輪軸。我爬上巴士側面車身，希望找到一扇開著的窗戶，不料車身劃開兩道巨大的口子，如鋸齒般的金屬片往後翹起，有如沙丁魚罐頭。我從駕駛座後面一扇破碎的車窗，看見歪七扭八擠成一團的座椅與大塊大塊的泡綿。所有東西都蒙上一層毛茸茸的綠黴。

我原本想像自己能從窗子跳進車內，走過中間走道，但裡面根本沒有移動的空間。我原本希望能在車上進行地毯式搜索，尋找某樣看似熟悉的東西，什麼都好。

此時天空已呈淺粉紅，要找上坡的路徑比較容易，但因為坡度很陡，爬起來反而艱難。到達頂端時，我渾身泥濘、傷痕累累，直到鑽過護欄，才注意到停在爺爺的紅色雪佛蘭後面那輛車。

是郡警。他看見我時正在用無線電對講機通話，便打手勢示意同行的郡警下車。郡警說：「我們正打算下去找妳。我們看見妳在那輛巴士上面。你們這些小孩也該懂事點，妳這個時間跑到下面去，到底想幹什麼？」

我還沒來得及回答，郡警便下車了。他戴上帽子，調整一下槍套。「其他人呢？」他問。

「沒有其他人。」我說。

「誰帶妳上來的？」

「我自己。」

「這輛車是誰的？」

「我爺爺的。」

「他人呢？」警官左右張望一番，似乎覺得爺爺躲在矮樹叢裡。

「他在科達倫。」

警官說：「妳說什麼？」

於是我告訴他奶奶的事，說爺爺得留下來陪她，並說我是非常小心的從科達倫開車過來。

警官說：「等等，讓我搞清楚。」接著他把我說的話全部重複一遍，最後加上一句：「妳是說，妳自己一個人從科達倫開車到這山上來？」

「非常小心的開。」我說：「爺爺教我開車的，他教我要非常小心的開。」

警官對另一位郡警說：「我不敢問這位小姑娘到底幾歲。你來問吧。」

郡警說：「妳幾歲？」我對他說了。警官嚴厲的看著我說：「妳應該不介意跟我說說，到底有什麼十萬火急的事，讓妳等不及讓一個持有合法駕照的人帶妳到劉易斯頓這個美麗城市來？」

於是我將後半的原委告訴了他。聽我說完後，他回到車上又用無線電通話片刻，接著他叫我上他的車，並吩咐郡警開爺爺的車跟在後面。我想警官八成會把我關進監獄，但真正困擾我的倒不是入獄一事，而是想到自己就差一點點了，卻可能無法如願以償，而且我知道我需要回奶奶身邊。

然而，他並沒有送我進監獄。他開車過橋進入劉易斯頓，穿過市區爬上一座小山，最後駛進朗伍德，將車停在管理室旁，走了進去。郡警開著爺爺的車就在後面，管理員出來後，指向右手邊，警官便重回車上，朝那個方向駛去。

這是個宜人的地方。蛇河從這一區背後逶迤流過，草坪上到處可見枝葉扶疏的大樹。警官停好車，引領我沿著小徑走向河邊，就在那裡，在一座俯臨河流與河谷的山丘上，是媽媽的墳墓。

墓碑上，在她的名字與生卒日期底下，刻了一棵楓樹。直到看見墓碑與她的名字——蟬哈森．皮克佛．喜多——與雕刻的樹，以及蟬哈森旁寫著的「蜜糖」，那一刻，我終於自己清醒過來，知道她不會回來了。我要求在那裡坐一會兒，因為想記住這個地方，我想記住這些草樹、這些氣味與聲音。

在靜謐的晨間，四周圍只有流水聲潺潺，我忽然聽見一隻鳥啼。牠在唱一首鳥曲，一首道地而甜美的鳥曲。我左顧右盼，然後抬頭望向斜倚河畔的柳樹。鳥曲來自柳樹梢頭，但我不想看得太仔細，因為我想當成是樹在唱歌。

我親吻柳樹，說道：「生日快樂。」

上了警官的車後，我說：「她其實根本沒有走，她在樹上唱歌。」

「妳說是就是了，莎羅曼卡．喜多小姐。」

「現在你可以把我關進監獄了。」

43 ✦ 我們傻瓜蛋

警官沒有送我進監獄，而是載我到科達倫，郡警則開著爺爺的車隨行在後。警官針對無照駕駛，嘮叨又嚴厲的訓了我一頓，並要我保證滿十六歲之前不會再開車。

「在爺爺的農場上也不行嗎？」我問道。

他看著正前方的道路。「民眾在自家農場上想做什麼應該都行，」他說：「只要有夠大的空間可以操作，而且不會危及其他人或動物的性命。但我不是說妳應該這麼做，我可沒有給妳任何許可。」

我請他告訴我關於那輛巴士的車禍意外。我問他當天晚上在不在現場，有沒有看到誰被救出車外，他說：「妳不會想知道的。那不是該想的事。」

「你有沒有看到我媽媽？」

「我看到很多人，莎羅曼卡，或許我有看到她，也或許沒有，但很抱歉，就算真的看到她了，我也不知道那是她。我記得妳父親來了警局，這我確實記得，不過當……當……的時候，我不在場。」

「你有看到施谷太太嗎？」我問。

「妳怎麼會知道施谷太太？」他說：「我當然看見施谷太太了，每個人都看見她了。巴士翻落後九小時，當所有的擔架一一抬上山坡，每個人都不抱希望了——她的手忽然從窗戶伸出來，大夥兒都喊起來，因為大家看見了，有隻手在動。」他瞅我一眼。「如果是妳母親就好了。」

「施谷太太坐在我媽媽旁邊。」我說。

「噢。」

「她們上車時還不認識對方，但是六天後下車時，她們已經成為朋友。我媽媽跟施谷太太說了好多關於我、爸爸和我們在白班克斯的農場。她跟施谷太太說了田野、黑莓、憂鬱藍調、雞和歌唱樹。我想媽媽要是跟施谷太太說了這麼多，表示她一定在想念我們，你說呢？」

「我相信一定是。」警官說：「妳怎麼會知道這些？」

我於是向他解釋，在菲鳳母親回家那天，施谷太太將這一切全告訴了我。施谷太太跟我說，爸爸安葬媽媽之後到劉易斯頓的醫院探視她。他去見巴士事故的唯一生還者，而當他得知施谷太太就坐在媽媽隔壁，他們開始聊起她來，一聊就是六個小時。

施谷太太告訴我，她和爸爸通信，並說爸爸需要離開白班克斯一陣子。我問施谷太太為什麼爸爸沒跟我說他們認識的經過，她說他曾經試過，但我不想聽，他也不想擾亂我的心情。他覺得我可能會討厭瑪格麗特，因為她活下來了，媽媽卻沒有。

「妳愛他嗎？」我問了施谷太太。「妳要嫁給他嗎？」

「老天哪！」她驚呼道：「現在說這個有點太早了。他會這麼黏我是因為妳媽媽臨終前，我在她身邊並握著她的手。妳爸爸還沒準備好去愛其他任何人。妳媽媽是獨一無二的。」

這是事實。她的確是。

儘管施谷太太跟我說了這麼多，還說媽媽臨終前她就在旁邊，我仍然不覺得媽媽真的死了，我仍然覺得可能是哪裡出了錯。我不知道自己想在劉易斯頓找到什麼，也許是期望能看見她穿越一片田野，我呼喚她時，她會說：「呵，莎羅曼卡，我的左臂。」還會說：「呵，莎羅曼卡，帶我回家。」

到達科達倫前的八十公里路程我都在睡覺，醒來時，我坐在警車上，而車子已停在醫院門口外。警官剛好從醫院走出來，他遞給我一只信封後，上車坐到我旁邊。

信封裡有一張爺爺留的紙條，寫著他下榻的汽車旅館名，底下還寫上一句：「告訴妳一個遺憾的消息，我們傻瓜蛋在今天清晨三點過世了。」

爺爺坐在旅館房間的床邊講電話，一看到我和警官出現在門口，立刻放下電話將我摟進懷裡。警官請爺爺節哀，並說現在的時機和地點似乎都不適合為了未成年孫女半夜開車下山的事情訓斥人。他將車鑰匙交還給爺爺，問爺爺需不需要幫忙做什麼安排。

爺爺說大部分的事都處理妥當了。奶奶的遺體已經用飛機運回白班克斯，爸爸會去接機。我和爺爺會待在科達倫把剩下的事辦完，隔天早上離開。

警官與郡警告辭後，我發現爺爺奶奶的行李箱打開著，裡面有奶奶的東西，全和爺爺的衣物混在一起。我拿起她的爽身粉聞了聞。桌上有一封揉皺的信。爺爺見我看著信，便說：「昨晚我給她寫了封信。是一封情書。」

爺爺躺到床上，呆望著天花板。「寶貝兒，」他說：「我想念我的傻瓜蛋。」他用一隻手臂覆蓋眼睛，另一手拍著身旁空空的床位說：「這不是……這不是……」

「沒關係，」我說著坐到床的另一邊，拉起他的手。「這不是你們的結婚新床。」

大約五分鐘過後，爺爺才清清喉嚨說：「但還可以湊合。」

44 ✦ 白班克斯

現在我們回到白班克斯了。我和爸爸又重新生活在我們的農場，爺爺也來和我們同住。奶奶就葬在她與爺爺舉辦婚禮的白楊樹林。我們沒有一天不想念我們傻瓜蛋。

最近我一直在想，壁爐後面會不會也藏著什麼，因為就像灰泥牆後面有壁爐、菲鳳的故事後面有媽媽的故事，我覺得菲鳳和媽媽的故事後面還有第三個故事，是關於爺爺和奶奶。

奶奶下葬那天，她的朋友葛蘿莉亞——就是奶奶覺得很像菲鳳，而且煞到爺爺那個人——來探望爺爺。他們坐在門廊上，爺爺聊著奶奶連續聊了四個小時。葛蘿莉亞問我們有沒有阿斯匹靈，說她頭痛得要命。後來我們再也沒見過她。

我寫信給湯姆．伏里特，就是奶奶的腿被蛇當成點心時幫忙我們的男孩。我告訴他奶奶回到白班克斯了，但不幸的是躺在棺材裡回來的。我描述了她安息的白楊樹林，提到附近有條河。他回信時對奶奶的事表示遺憾，並說也許有一天會來看看那片白楊樹林。他接著問道：「你們那個河岸是私人產業嗎？」

爺爺繼續用皮卡貨車教我開車。我們在爺爺的舊農場上練習，新主人同意讓我們在農場的泥土路上，開著車轟隆轟隆到處跑。我們還帶著爺爺新養的米格魯小狗一起，牠叫「好耶、好耶」。我開車時，爺爺會一邊輕拍小狗一邊抽他的菸斗，我們倆還會玩麂皮靴遊戲。這是我們從愛達荷回來的路上發明的遊戲，兩人輪流假裝穿上其他人的麂皮靴，設身處地想想。

「我要是穿上灰鳳的麂皮靴，我會因為有個新哥哥從天而降覺得嫉妒。」

「此時此刻我要是穿上奶奶的麂皮靴，我會想去那條河邊泡泡腳，清涼一下。」

「我要是穿上班恩的麂皮靴，我會想念莎羅曼卡．喜多。」

就這樣一句接著一句說下去。我們穿上了每個人的麂皮靴，也因此發現一些有趣的事。有一天我才明白，我們大老遠跑到劉易斯頓的這趟旅程，其實是爺爺奶奶送我的禮物。他們想讓我有機會穿上媽媽的麂皮靴，去看看她最後旅程中所看到的，去感覺她可能會有的感覺。

我也明白了爸爸得知媽媽的死訊後，之所以沒有帶我到愛達荷的原因非常多。他受到太大的打擊，便試著不讓我跟他一樣。直到後來他才了解，我必須親自走一趟，親眼去看看。不過，有件事他做對了——不需要將她的遺體運回來，因為她就在樹林間、穀倉裡、田野上。爺爺則不同。他需要奶奶在身邊，他需要走到那片白楊樹林去看他的傻瓜蛋。

某天下午，我們聊了普羅米修斯向太陽神偷火送給人類，又聊了潘朵拉打開裝著全世界邪惡事物的禁忌之盒，爺爺說會發展出那些神話是因為人們需要找一個方式，解釋火的由來，以及世界上存在著邪惡的原因。這讓我想起菲鳳和瘋子，我便說：「我要是穿上菲鳳的麂皮靴，就不得不相信有一個瘋子和一個揮舞斧頭的施谷太太，來解釋母親失蹤的原因。」

我想，菲鳳和她的家人幫助了我。幫助我思考並理解我自己的母親。菲鳳的故事就像我在緣木求魚：有一度我需要相信媽媽沒死，相信她會回來。

現在我偶爾還是會這麼做。

在我看來，世上許許多多可怕至極的事，諸如戰爭、謀殺、腦瘤等等，是無法解釋也無法解決的，因此我們會挑選離我們較近的可怕事物，不斷放大，直到爆裂。那裡面是我們能應付的東西，是不像乍看之下那麼可怕的東西。值得慶幸的是我們會發現，雖然世界上可能有斧頭殺人魔和綁架犯，但大多數人似乎都和我們十分相像——有時害怕有時勇敢，有時殘酷有時仁慈。

我想清楚了，勇敢就是盡可能正視潘朵拉的盒子，然後再將目光轉向另一個盒子，一個有滑順美好的皺褶內裡的盒子——有親吻樹的媽媽、有說著「好耶、好耶」的奶奶、有爺爺和他的結婚新床。

媽媽的明信片和頭髮還放在我房間的木地板下面。我回家後，重新讀了所有明信片。媽媽去過的每個地方，我和爺爺奶奶也都去了，包括黑山、拉希摩山、惡地公園——唯一我還不忍讀的是寄自科達倫，我在她去世兩天後收到的那張。

我用貨車載著爺爺繞來繞去時，也將媽媽告訴我的故事全部說給他聽。他最喜愛的是一則關於伊絲塔娜特莉的納瓦荷傳說。她是個永生不死的女人，從小嬰兒長成母親又長成老婦，隨後再次變成小嬰兒，如此循環不息，活了千千萬萬世。爺爺喜歡這個故事，我也是。

我依然會爬上那棵糖楓樹，也聽到歌唱樹吟唱。那棵糖楓樹是我沉思的地方。昨天在樹上，我領悟到有三件事讓我感到嫉妒。

第一件事很蠢。班恩日記裡寫的人讓我嫉妒，因為那不是我。

第二件事是：我嫉妒媽媽想生更多小孩。我還不夠嗎？可是當我穿上她的麂皮靴，我會說：「我要是媽媽，可能會想要更多小孩，不是因為我不愛我的莎羅曼卡，而是因為太愛她了，所以想要更多這樣的愛。」或許這想法是樹上的魚，也或許不是，但我想如此相信。

最後一點嫉妒心並不蠢，暫時也還不會消退。我仍然嫉妒菲鳳的媽媽回來了，我媽媽卻沒有。

我想念媽媽。

班恩和菲鳳時常寫信給我。十月中，班恩寄來一張情人節卡片，裡面寫道：

玫瑰花紅
大地土黃
當我的情人吧
別讓我心慌

底下還加了一句：我從來沒寫過詩。

我也回寄一張情人節卡片，寫道：

乾涸沙漠
溼潤雨水
你對我的愛
不會白費

並附加一句：我也從來沒寫過詩。

下個月，班恩、菲鳳、施谷太太和松基太太要一起來訪。波克威老師可能也會同來，但菲鳳希望不要，她覺得和老師同乘一輛車那麼長時間，她恐怕會受不了。我和爸爸忙著刷洗屋子準備迎接他們。我等不及要帶菲鳳和班恩去看戲水潭和田野、乾草棚和樹林，還有牛群雞隻。班恩送我的那隻「黑莓」是雞舍女王，我也會帶班恩去看牠。此外我還希望得到幾個黑莓之吻。

但目前，爺爺有他的米格魯，我有一隻雞和一棵歌唱樹，人生便是如此。好耶，好耶。

解說

細心設計，神祕有趣的雙線故事

張子樟（國立臺東大學兒童文學研究所兼任教授）

讀《印地安人的麂皮靴》必須要有相當耐心，才能將整篇故事拼湊起來。全書以雙線進行，一條線是主角小莎與爺爺奶奶開車西行，橫越數州到愛達荷的劉易斯頓去尋找出走的母親；另一條線是小莎在車上敘述她好友菲鳳的故事，描述菲鳳家的種種神祕事件中，她同時把自己的事說給爺爺奶奶聽。她告訴他們，在母親離開肯塔基老家，隨父親搬遷到俄亥俄州後，她如何料理生活中的變化。她說菲鳳的故事，但從頭到尾，自己也思索母親出走前在家鄉的生活記憶，當時諸事似乎無憂無慮、完美無缺。她與這兩位生活多采多姿、妙語如珠、愛心無限的長輩西行，慢慢開始了解並接受母親為何離家出走的事實。

小莎的父母是對恩愛夫妻，父親嚮往單純樸實的田野生活，不時向妻子表示愛意。母親在家時，小莎隨著她的喜怒哀樂而心情波動。最讓小莎內疚的是，如果她不爬樹摔下來，母親沒背她回家，也許肚中的那個寶寶會平安的活下來，媽媽也不需動手術，以至於變得與從前完全不一樣。起初小莎不知實情，她父親一直要找適當機會解釋母親不再回來的原因，小莎逃避不聽，也不能理解他父親與施谷太太的交往。

小莎好友菲鳳是個有點神經質、想像力過度豐富的女孩。事情不論大小，她總是以負面角度詮釋。她母親失蹤後，她變得有點陰陽怪氣，讓小莎很煩惱。菲鳳家中不時出現神祕信件，更使得菲鳳的神經質變本加厲，認為母親已遭遇不幸。等母親帶回婚前生下的麥可，菲鳳丟下一句話：「等你們決定好，看看這個家裡到底有多少人，再告訴我。」菲鳳必須自我調整，適應新哥哥和「新」母親的種種衝突。

本書的作者莎朗．克里奇運用巧思，將複雜的兩個故事編織在一起，一個有趣生動，一個苦樂參半，創造了一篇十分溫馨、不時令人莞爾的感人故事。書中展現了各種不同的愛，與愛的失去，同時呈現了人類感情的複雜性。結尾處，作者點出篇名意涵：你不能輕易評斷別人，除非你曾穿著他的麂皮靴走過兩個滿月；意思是說要站在對方的立場思考，設身處地為別人著想。所以小莎終於了解：「我們大老遠跑到劉易斯頓的這趟旅程，其實是爺爺奶奶送我的禮物。他們想讓我有機會穿上媽媽的麂皮靴，去看看她最後旅程中所看到的，去感覺她可能會有的感覺。」

作者細心設計，使全文顯得神祕有趣，又處處留下伏筆，最後來個意想不到的結局，讓讀者讀來興趣盎然。

小麥田世界經典書房

印地安人的麂皮靴

小麥田 Walk Two Moons

作　　者　莎朗・克里奇 Sharon Creech
譯　　者　顏湘如
封面插畫　南　君
封面設計　達　姆
內頁排版　張彩梅
責任編輯　汪郁潔

國際版權　吳玲緯　楊　靜
行　　銷　闕志勳　吳宇軒　余一霞
業　　務　李再星　李振東　陳美燕
總 編 輯　巫維珍
編輯總監　劉麗真
發 行 人　凃玉雲
出　　版　小麥田出版
10483臺北市中山區民生東路二段141號5樓
電話：(02) 2500-7696　傳真：(02) 2500-1967
發　　行　英屬蓋曼群島商家庭傳媒股份有限公司
城邦分公司
10483臺北市中山區民生東路二段141號11樓
網址：http://www.cite.com.tw
客服專線：(02)2500-7718｜2500-7719
24小時傳真專線：(02)2500-1990｜2500-1991
服務時間：週一至週五09:30-12:00｜13:30-17:00
劃撥帳號：19863813　戶名：書虫股份有限公司
讀者服務信箱：service@readingclub.com.tw
香港發行所　城邦（香港）出版集團有限公司
香港九龍九龍城土瓜灣道86號順聯工業大廈6樓A室
電話：(852) 25086231　傳真：(852) 25789337
E-MAIL：hkcite@biznetvigator.com
馬新發行所　城邦(馬新)出版集團 Cite (M) Sdn Bhd.
41, Jalan Radin Anum, Bandar Baru Sri Petaling,
57000 Kuala Lumpur, Malaysia.
電話：(603) 9056 3833　傳真：(603) 9057 6622
讀者服務信箱：services@cite.my
麥田部落格　http://ryefield.pixnet.net
印　　刷　前進股份有限公司
初　　版　2024年3月
售　　價　360元
ISBN：978-626-7281-61-1
EISBN：9786267281598 (EPUB)

國家圖書館出版品預行編目資料

印地安人的麂皮靴／莎朗・克里奇(Sharon Creech) 作；顏湘如譯. -- 初版. -- 臺北市：小麥田出版：英屬蓋曼群島商家庭傳媒股份有限公司城邦分公司發行, 2024.03
面；　公分. -- (小麥田世界經典書房)
譯自：Walk two moons
ISBN 978-626-7281-61-1 (平裝)

874.59　　112021784